ESTE LIBRO PERTENECE A:

_____

El regreso a los sauces

El regreso a los sauces

JACQUELINE KELLY

Ilustraciones de CLINT YOUNG
Traducción de JORGE RIZZO

Rocaeditorial

Para Wayne Hollomon Price,
que me animó a escribir este libro
y que soñó que yo dirigía la Novena.

—J. K.

Para Dawn y Lily (mi lápiz y mi goma),
que inspiraron cada línea y borraron lo que no quedaba perfecto.
Gracias por creer en mí.

—C. Y.

Copyright del texto © 2012 by Jacqueline Kelly
Copyright de las illustraciones © 2012 by Clint Young

Primera edición: noviembre de 2015

© de la traducción: Jorge Rizzo
© de esta edición: Roca Editorial de Libros, S. L.
Av. Marquès de l'Argentera 17, pral.
08003 Barcelona
info@rocaeditorial.com
www.rocaeditorial.com

Impreso por EGEDSA
Roís de Corella 12-16, nave 1
Sabadell (Barcelona)

ISBN: 978-84-16306-46-6
Depósito legal: B-18.203-2015
Código IBIC: YBC; YBCS

RE06466

El regreso a los sauces

Respetuosa secuela de *El viento en los sauces*,
de Kenneth Grahame, con comentarios
útiles y notas explicativas.

CAPÍTULO 1

Empieza nuestra historia

*En el que, los que ya conocemos a Rata y a Topo, nos reencontraremos con nuestros viejos amigos.
Y para los que no los conocéis, bueno, deberíais cerrar esta obra inmediatamente y pedirle
a vuestro bibliotecario el primer libro, para que no os perdáis. (Bueno, vale.
Podéis quedaros si prometéis seguirnos, pero que nadie se queje de que pierde el hilo.)*

Topo y Rata de Agua navegaron río abajo en el minúsculo bote de remos azul y blanco de la rata. La corriente los arrastró alegremente, borboteando divertida, encantada de poder jugar con la barquita. El día era claro y limpio; no había ni un halcón en el cielo. El sol sonreía a nuestros héroes y les alegraba el corazón; el más suave de los céfiros les agitaba su manto de pelo. Ni siquiera la oscura orilla del Bosque Salvaje, que acechaba en la distancia, podía empañar aquella hora brillante.

Rata tiraba de los remos de vez en cuando, pero dejaba que el río hiciera casi todo el trabajo, porque estaba ocupada componiendo poemas mentalmente, rimando «sueño» con «risueño», cosas así. Topo se había llevado un buen libro para leer (porque es bien sabido que nunca hay que salir de la madriguera sin un buen libro en la mano) y estaba inmerso en las aventuras de una niña que se había caído en la madriguera de un conejo. La madriguera no se parecía a ninguna de las que él había visitado, y había estado en muchas, ya que contaba con muchos conejos entre sus amistades. Estaba disfrutando de la lectura muchísimo, porque le encantaban las historias que transcurrían bajo tierra. Se recostó sobre un mullido cojín y agitó los deditos de los pies de pura felicidad.

De vez en cuando, Rata ponía a prueba algún verso recitándolo en voz alta, para ver si vivía y respiraba al aire libre, o si se desvanecía y moría, como ocurre con tantas rimas la primera vez que se las presenta al mundo. (Es curioso, pero cierto, que muchas de las rimas que suenan bien en la cabeza del poeta, al pronunciarlas en voz alta, pierden toda su vida y se las lleva el viento del modo más patético, por lo que lo mejor es evitar su sufrimiento cuanto antes.)[1]

En realidad, suspiró Topo, el día era perfecto. O lo sería si Rata dejara de interrumpir su lectura.

Francamente, pensó Rata, el día era perfecto. O lo sería si Topo dejara aquel libro y le prestara la debida atención.

---

1. Lector, aunque es cierto que no hay nada en el mundo mejor que la «buena» poesía, no hay nada peor que la «mala» poesía.

—Topito, escucha un momento. ¿Se te ocurre una palabra que rime con globo? Lo único que se me ocurre es «lobo», y no funciona. En poesía hay que evitar a los depredadores, como norma general.

Con todo el dolor de su corazón, Topo dejó a medias un capítulo muy interesante sobre una reunión rarísima en torno a una mesa para tomar el té, en la que dos de los personajes estaban intentando meter a un tercero en una tetera. La idea de un lirón flotando en el té impactó a Topo, y le pareció un modo terrible de tratar a un invitado, por no hablar de lo antihigiénico que resultaba.

—¿Por qué necesitas algo que rime con globo?

Rata lo miró, incrédula, y respondió:

—¿No lo has oído? Porque es la gran novedad en el río. Sapo se ha aburrido de las barcas, y su locura por los coches va desapareciendo, así que ha ido a comprarse un…

—¡Yujuu! —llamó una voz familiar llena de alegría. Parecía la de su amigo Sapo, pero no se le veía por ningún sitio. Su voz estaba presente, pero él no.

—¿En qué locura andará metido ahora? —dijo Rata, frunciendo el ceño—. Desde luego es una criatura de lo más provocadora.

—¡Holaa, holaa! ¡Aquí arriba, chicos! —llamó, divertido, el invisible Sapo—. ¡Estoy aquí arriba!

Pasó una nube que tapó por un momento el sol. Los dos miraron hacia arriba y comprobaron que no era en realidad una nube, sino más bien un enorme globo amarillo, una imponente aeronave que flotaba sobre sus cabezas, majestuosa como si fuera otro sol en el cielo. Topo se quedó sin aliento, y el corazón se le encogió en el pecho, puesto que no había visto nada tan espléndido en toda su vida.

En la cesta de mimbre colgada por debajo del globo, saludando y llamándolos, estaba la familiar y rechoncha silueta de Sapo.

—Tal como iba a decir —soltó Rata, con tono seco—, se ha comprado un globo nuevecito, y por lo que parece le ha costado un riñón. ¿Apostamos a ver cuánto dura «esta» fase?

Topo no le hizo caso, concentrado como estaba en el enorme globo. Juntó las garras y suspiró.

—¡Oh, vaya!

—Eh, vosotros dos, ¿qué os parece? —gritó Sapo, con una voz que se iba perdiendo al llevárselo el viento—. ¿No es precioso? Si queréis, un día podemos ir a dar un paseo.

Topo apenas pudo distinguir aquellas últimas palabras. Sin embargo, le llegaron hasta el cerebro y se le quedaron en el corazón.

Rata siguió charlando, haciendo duros comentarios sobre las manías pasajeras de Sapo y acerca de lo poco que duraban, y de que estaba seguro de que esta vez acabaría mal y de que lo único que esperaba él —Rata— era que él —Sapo— no se llevara ninguna víctima inocente por delante cuando eso ocurriera, pues seguro que iba a ocurrir. Porque aunque Sapo era en muchos aspectos un buen tipo, poseía —no nos engañemos— un carácter ligero y volátil, y a cada paso iba provocando catástrofes, por lo que no había que confiarle medios de transporte de «ningún» tipo, y bla, bla, bla…

Topo, con el libro ya olvidado desde hacía rato sobre el regazo, no le hizo ni caso. Con los ojos brillantes y la boca abierta se quedó mirando el globo hasta que este fue disminuyendo de tamaño y quedó convertido en un puntito en el horizonte.

—¿Topo? —Rata se lo quedó mirando con asombro y no poco alarmado, puesto que aquella expresión de Topo ya la había visto antes,

correctamente en el rostro de Sapo, la primera vez que había puesto los ojos sobre un coche y se había apoderado de él aquella locura por la velocidad y su atracción por la carretera—. ¿Topito?

—¿Hmm? —dijo Topo.

—Topo, viejo amigo, ¿qué te ha ocurrido?

—¿Hmm? ¿Qué ha sido eso?

—Eh, mírame bien —soltó Rata, muy serio—. Si crees que te vas a ir de paseo en globo con Sapo, ya puedes quitártelo de la cabeza. No es capaz de manejar un triciclo, así que mucho menos una máquina voladora. ¡Por Dios, hombre, estarías poniendo tu vida en sus manos!

La expresión de Topo cambió, y en los ojos se vio que volvía a la realidad.

—Supongo que tienes razón, Ratita. En ese tipo de cosas siempre tienes razón. Aun así, tiene que ser bonito... —dijo, dejándose llevar por un momento. Pero enseguida volvió en sí y prosiguió—: Bueno, no importa. Subirme a un barco ya es más que suficiente para mí.

Un vencejo revoloteó sobre sus cabezas, cortando el cielo en bucles invisibles con sus acrobacias. Echó un vistazo a la barca y luego, incrédulo, se lanzó en picado y volvió hacia atrás hasta posarse suavemente en la proa. El pájaro ladeó la cabeza y se quedó mirando a los pasajeros de aquella minúscula embarcación.

—¡Quién lo diría! —pio Vencejo—. ¡Pues sí, es un topo! Una rata de agua tiene su lógica, pero ¿«un topo de agua»? Pensé que la vista me jugaba una mala pasada.

—Buenos días, Vencejo —le saludó Topo—. La Ratita me ha introducido en los placeres…, qué digo, ¡las alegrías!, de la vida náutica. Me ha enseñado a remar y a nadar, y puedo decirte que no hay nada, nada absolutamente, comparable con la navegación.

—Puede que eso sea cierto —respondió Vencejo—, pero no es un estado natural para un morador de la tierra como tú.

—Sea natural o no —replicó la Ratita, secamente—, aquí en el río, mi amigo se siente tan en casa como yo. Es todo un experto en la vida acuática.

Vencejo hizo caso omiso a aquella observación e insistió:

—No veis ningún pez cavando madrigueras en la tierra, ¿verdad? Al menos, ningún pez que tenga un mínimo sentido común. Ergo,[2] los topos no deberían nadar ni navegar en barcos. Eso es así. Dado que usted, señor mío, no es más que un topo, su trabajo consiste en cavar en la tierra. Nació y le criaron para eso, y no hay más que hablar. Ahora solo falta que quiera volar, y poner la naturaleza patas arriba, toda hecha un lío. No es natural, eso está claro.

Dicho esto, Vencejo se elevó de nuevo en el aire y se marchó volando,

---

2. Ergo: se empleaba mucho en latín y significa «por tanto». Vencejo está haciéndose el sabihondo, y a nadie le gustan los sabihondos.

antes de que Topo pudiera pensar en una respuesta lo suficientemente contundente. (A pesar de sus grandes cualidades, no siempre tenía la respuesta a punto cuando la necesitaba.)

—¡Qué cara más dura! —exclamó Rata—. No dejes que ese pájaro te ponga de mal humor, Topito. Solo son celos —añadió, y siguió hablando del tema, aclarándose la garganta de vez en cuando para dar mayor seriedad a su exposición y que su amigo se sintiera mejor.

Las palabras mágicas de Sapo —«Si queréis, un día podemos ir a dar un paseo…, un paseo…»— iban aumentando de volumen en la cabeza de Topo; la imaginación se le disparó con visiones de aquella asombrosa aeronave amarilla. ¿Quién habría podido imaginarse que existiera una máquina así? O más aún: que el único objetivo de su existencia fuera hacer posible que pudieran volar los seres terrestres, incluidos los modestos escarbadores de la humilde tierra, como era el caso de los topos, y de un topo en particular. ¿Por qué esas afortunadas criaturas agraciadas con un par de alas deberían ser las únicas capaces de elevarse, hacer cabriolas, deslizarse por las corrientes o lanzarse en picado?

Volvió a coger su libro y al poco parecía estar sumido en la lectura, pero si Rata hubiera mirado más atentamente, se habría dado cuenta de que su amigo no pasó ni una sola página más durante el resto de su excursión.

CAPÍTULO 2

El salvaje océano en el horizonte

En el que uno de nuestros héroes verá cumplido el deseo que tanto anhelaba.
Y luego deseará no haberlo hecho.

Quizá fuera el efecto estimulante de la estación de las flores, o posiblemente el ofensivo comentario hecho por Vencejo sobre los escarbadores de la tierra, pero, cualquiera que fuera la causa, Topo parecía ahora otro animal. Le resultaba imposible concentrarse en nada que no fuera el reluciente globo. ¿Cómo debía de sentirse uno elevándose por los aires con los pájaros y las nubes? Vamos, que... ¿por qué iban a tener los vencejos (y los sapos) la exclusiva de la diversión?

Con eso en la cabeza, una tarde soleada, Topo se dirigió correteando a la Mansión del Sapo y se encontró al dueño de la casa en el gran prado de terciopelo verde que era su jardín. Tenía el globo casi completamente hinchado. Se quedó sin aliento ante aquella imagen imponente.

—Hola, Topito —saludó Sapo—. Estaba a punto de despegar. Ven conmigo. ¡No hay nada que se le pueda comparar! ¡El aire fresco! ¡Las fantásticas vistas! Cuando pienso en todo el tiempo que he perdido en logros triviales como navegar, casi se me saltan las lágrimas. ¿Por qué querría nadie pasar el tiempo flotando por el río cuando podría hacerlo navegando por el aire? ¿Y lo de los coches? ¡Bah!"

—Bueno, yo… —Topo se encontró de pronto sin palabras, justo en aquel momento en que podía ver realizado su deseo más querido.

—Venga, ven conmigo, Topo; es perfectamente seguro, teniendo a un piloto experimentado como yo al timón. Ya llevo días haciéndolo. No tiene ningún misterio. Sube a bordo, Topo, anímate —añadió—. La cocinera me ha preparado un almuerzo de primera. Y hay mucho.

—De acuerdo —accedió Topo, con timidez.

—¡Buen chico! ¡Así se hace! Deja que compruebe la válvula del aire y saldremos dentro de un momento.

Topo trepó a la cesta, que crujió alarmantemente, y más aún cuando Sapo subió a su lado.

—¿Estás seguro de que aguantará el peso de los dos? —dijo Topo, agitado.

—Por supuesto que sí. Es el mejor modelo a la venta. —Sapo toqueteó las válvulas, y el dispositivo del gas emitió una llamarada con un potente whuuush.

—¡Sapo! —gritó Topo, echándose atrás de puro miedo—. ¡Se ha prendido fuego!

—Claro que se ha prendido fuego. Se supone que tiene que prenderse fuego. Se quema el gas, y eso calienta el aire, que es lo que entra en el globo y lo levanta. Por lo menos, «creo» que así es como funciona. La verdad es que nunca me acuerdo muy bien.

Sin más preámbulos, el globo, la cesta y sus ocupantes despegaron del suelo. Topo soltó un gemido de terror y se aferró al borde de la cesta mientras el suelo se alejaba bajo sus pies a una velocidad pavorosa. El instinto le gritaba que había cometido un terrible error, que aquello estaba muy pero que muy mal, que el lugar de un topo —el único lugar para un topo— era el suelo, con las patas sobre la tierra firme o, mejor aún, bajo la tierra firme, en su madriguera. ¿En qué estaría pensando? Se agazapó en el fondo de la cesta, encogido, y se quedó allí, con el estómago revuelto.

—Topo, viejo amigo, ¿qué te pasa? —dijo Sapo—. Te estás perdiendo las vistas.

Topo soltó un gemido, con la cara oculta tras las patas.

—Llévame a casa, Sapo. Oh, por favor, llévame a casa.

—No seas ridículo, acabamos de empezar. No volveremos a casa hasta dentro de unas horas. Ponte de pie y mira mi casa. Ahí está el huerto, y ahí el campo de cróquet, y allí el embarcadero. Oh, y mira, ahí está la cocinera en el jardín de la cocina, agitando un trapo y saludándonos. ¡Holaaa! —gritó Sapo, agitando la pata con fuerza, balanceando la cesta y haciendo que Topo tragara saliva—. Ponte de pie y echa un vistazo, Topo. ¡Holaaa!

—Sapo, por favor —suplicó Topo—, tienes que dar media vuelta.

—¿Dar media vuelta, dices? No seas absurdo, no se puede «dar media vuelta», viejo amigo. No, en absoluto. Eso es parte de la gracia, parte de

la aventura: ir allá donde te lleven las corrientes; poner el destino en manos de los caprichos del viento. —Sapo carraspeó—. Supongo que de ahí viene eso de «aventar las preocupaciones». Nunca lo había pensado. ¿Se te había ocurrido alguna vez, Topo?

No hubo respuesta.

—¿Topito?

El otro seguía sin responder.

—¿Qué estás haciendo ahí abajo —preguntó Sapo—, enroscado como un puercoespín?

—Quiero irme a casa —murmuró, lastimero, Topo—. Quiero irme a mi madriguera, aunque no sea más que un agujero en el suelo. Quiero cavar, hacer túneles y revolver la tierra. Vencejo tenía razón. Eso es lo que hace un topo, Sapo. Sencillamente, no es natural que los topos vuelen.

—Paparruchas y tonterías —protestó Sapo—. Según tu razonamiento, tampoco es natural que los sapos vuelen, y mírame a mí: aquí estoy, libre como un pájaro, tal como se dice. Tengo que decir que me decepcionas, Topo. Nunca pensé que fueras un gallina. ¿Dónde está tu sentido de la aventura? Yo, Sapo, busco una vida estimulante. Oh, mira, ahí está el pueblo y la iglesia. Y un rebaño de ovejas pastando en el prado. Desde aquí parecen copos de algodón. Y mira, ahí está el río. —Sapo seguía parloteando, fingiendo no ver cómo sufría Topo, hecho un ovillo.

—¿Sabes? —exclamó Sapo—, me pregunto si es ese el prado donde está tu madriguera. Desde aquí resulta un poco difícil distinguirlo.

Topo se estiró un poco ante aquellas tentadoras palabras.

—Que lástima, no puedo estar seguro —prosiguió Sapo—. Bueno, es una lástima que te estés perdiendo esta ocasión única, Topito.

Topo levantó la cabeza con prudencia.

—Uno no tiene la ocasión de ver su casa desde esta perspectiva tan imponente todos los días —añadió Sapo—. En fin…

—¿Realmente crees que puede ser mi prado? —preguntó Topo, con un hilo de voz.

—No estoy muy seguro. Supongo que alguien que conociera bien la zona podría decirlo. Podemos bajar un poco, porque, aunque técnicamente no se puede gobernar el globo, sí se puede, con cierta facilidad, hacer que suba o que baje.

Topo, con los ojos cerrados, se agarró al borde de la cesta y poco a poco se puso en pie, intentando no agitarla. «Bueno, Topito —se dijo, muy serio—, puedes hacerlo.» Y se obligó a mirar al exterior.

Por debajo, hasta donde alcanzaba la vista, se extendía una sobrecogedora panorámica del ancho mundo: prados claramente separados por las líneas más oscuras que trazaban setos y caminos, un tablero de ajedrez ondulado con cuadros de un verde esmeralda, un verde lima y un dorado pálido. Y, punteando el bucólico paisaje, encantadoras aldeas, incluido el familiar pueblo de Villasapo de Arriba, del que sobresalían los chapiteles de las pintorescas iglesias. Topo estaba deslumbrado.

—¡Qué maravilla! —exclamó, y habría aplaudido de emoción, si no fuera porque para hacerlo habría tenido que soltar las manos.

Se quedó contemplando el campo, impresionado. A lo lejos se extendía el Bosque Salvaje, temible y amenazante, incluso a plena luz del día. Y allí estaba el río, que serpenteaba abriéndose paso por el paisaje, brillando como un espejo en los tramos en que le daba el sol. Topo estaba sin palabras, lo que agradaba enormemente a su anfitrión.

—¿No es imponente? —proclamó Sapo—. No soy de esos que van diciendo «ya te lo dije», pero sí que te lo dije.[3] No hay nada comparable con esto. Vamos a bajar un poco, a ver si es tu prado —decidió, y tiró de la válvula para liberar aire.

Bajaron hasta que Topo vio que el campo estaba surcado por una maraña de estrechos senderos entrecruzados por los que pasaban a toda velocidad una serie de formas grises minúsculas. Forzó la vista, y las formas grises que pasaban a toda velocidad se convirtieron en conejos.

—Creo que es mi prado —dijo, no muy seguro—. Desde aquí arriba todo es muy diferente. Ojalá pudiera ver algo que me sirviera de referencia.

Un pájaro pasó a toda velocidad a su lado y saludó a Sapo. Al ver a

---

3. Eso es algo que más vale no ir diciéndole a la gente. A nadie le gusta, y no te hará ganar amigos.

Topo, emitió un graznido incrédulo. Era el mismo vencejo que se habían encontrado antes. Se posó en el borde de la cesta y se quedó mirando a Topo con los ojos desorbitados.

—¡No me lo puedo creer! Tú, aquí, Topo, estás fuera de lugar. Todo este asunto es de lo más antinatural. Primero el agua, ahora el aire... Tendré que informar... a las autoridades.

—¿Ah, sí? —replicó Topo, desafiante—. ¿Y a quién vas a informar?

Vencejo buscó las palabras y por fin las encontró:

—Seguro que hay un... comité, o alguna otra instancia a la que me pueda quejar. Y tú, Sapo, me sorprende que promuevas este tipo de conducta en los demás. Ya es bastante grave que estés aquí arriba, donde no te corresponde.

—Paparruchas —declaró Sapo—. Y si vas a venir con nosotros, al menos mantén cierta educación. Si no, ya te puedes ir.

Una vez más, el cerebro de Topo se puso a pensar a toda velocidad en busca de una respuesta inteligente, pero de nuevo se encontró con que Vencejo se había ido antes de que él pudiera encontrar su réplica. (Y casi mejor así, porque no es cierto que haya que responder a la mala educación con más mala educación, en la misma medida. A veces uno tiene que tomar el camino más elevado de la buena conducta, aunque sea la mala conducta de los demás la que nos obligue a hacerlo.)

—¡Mira ahí! —exclamó Topo, y señaló una minúscula barquita en el río con una figura aún más minúscula a los remos—. ¿No será Ratita? ¡Holaaa, Ratita! —gritó, pero fuera quien fuera no le oyó—. ¡Aquí arriba! —Por un momento se olvidó de todo y agitó los brazos con fuerza, lo que hizo que la cesta se balanceara de un lado al otro. Se agarró al borde, presa del pánico. Y luego, después de respirar hondo unas cuantas veces, se soltó de nuevo. Examinó el mundo bajo sus pies y pensó… «sí».

Sí, aquello del globo tenía su gracia: sentir el aire fresco en la cara, el aleteo de la tela hinchada, el leve crujido de la cesta. Sí. Levantó el morro para saborear la brisa y quedó sorprendido y encantado al descubrir emocionantes respuestas a mil y una historias desconocidas para él, con cantidad de información antes inaccesible. Ahí llegaba —sí, justo ahí— el leve aroma de unas curiosas flores silvestres; de aquel otro sitio venía el húmedo olor a pino de los bosques inexplorados; de allá, el intrigante olor de los pantanos cenagosos, llenos de formas de vida exóticas. Y algo más se le insinuaba al olfato. Un rastro salobre que nunca antes había olido. ¿Por qué iba a oler el aire a sal? ¿Qué podía ser?

Topo olisqueó con fuerza, planteándose esa intrigante cuestión mientras Sapo estudiaba el contenido de la cesta del almuerzo. Nuestros aeronautas no tenían la atención puesta en la ruta, como habrían debido, de modo que ninguno de los dos cayó en la cuenta de que se dirigían hacia Villasapo de Arriba a una altitud menor de la recomendable.

—¿Qué es ese olor, Sapo, ese que flota a lo lejos? —comentó Topo, como hechizado—. ¿Ese olor tan curioso y particular que es…, bueno…, como a sal?

Sapo no le prestó atención. Estaba muy ocupado toqueteando los diversos paquetes envueltos en papel encerado y enfadándose por momentos.

—¡Maldita sea! —gruñó, malhumorado—. La cocinera se ha olvidado de ponerme una botella de mi cordial de moras. Qué fastidio. Sabe que es mi preferido. Tendré que hablar con ella.

—Pero ese olor… —prosiguió Topo—. ¿Por qué iba a tener el aire ese penetrante olor a sal?

—¡Ah, aquí está! —exclamó Sapo, sacando una botella envuelta en paja—. ¿Hmm? Oh, dicen que es el olor del océano, aunque yo nunca lo he visto.

—Así que eso es el océano —dijo Topo, con admiración—. He leído sobre eso en los libros. Dicen que es el lugar donde va a parar toda el agua del mundo, de todos los arroyos y los lagos, cada gota de lluvia. ¿Crees que eso incluye también nuestro río?

—Supongo —soltó Sapo, desenvolviendo un paquete de bocadillos—. Sírvete, compañero.

Topo tenía la mirada perdida en la distancia.

—Me pregunto qué aspecto tendrá ese océano.

—Me han dicho que es enorme. Agua hasta donde alcanza la vista.

Y grandes olas, enormes olas. Y unas mareas descomunales, y un tiempo horroroso. No es lugar para los habitantes de la Orilla del Río.

—Ya —dijo Topo, no muy convencido—, pero huele muy muy interesante. Creo que me gustaría verlo un día, aunque solo fuera un ratito. ¿Crees que podríamos llegar hasta allí en globo? —Parecía que Topo, una vez superado su miedo inicial, había aceptado que el globo era el medio ideal para moverse.

—No es el lugar ideal para los habitantes de la Orilla del Río —insistió Sapo—. Oye, prefieres de queso o de rosbi…

Pero sus palabras se vieron interrumpidas por un impacto tremendo y un chirrido espeluznante, seguido por la increíble visión de una especie de arpón que atravesaba el fondo de la cesta de abajo arriba.

—¿Qué sucede? ¿Qué sucede? —gritó Sapo.

Topo se apartó de un salto de la afilada punta metálica en el mismo momento en que aparecía entre los dos, elevándose por encima de sus cabezas.

—¿Qué es eso? —exclamó Sapo.

Topo dio un tímido paso adelante para examinar el objeto que había atravesado su cesta de un modo tan ignominioso.

—¡Oh, no! —se lamentó—. ¡Hemos caído sobre el chapitel de la iglesia.

CAPÍTULO 3

De nuevo en tierra

En el que Topo aprenderá una lección importante.
Y Sapo, por ser como es, no.

El chapitel? —exclamó Sapo—. ¡Eso es ridículo! Está a kilómetros. Agitó la pata y miró a su alrededor, y se fue quedando sin voz, porque, efectivamente, estaban encajados (en una posición vergonzosa) en lo alto de la iglesia de Villasapo de Arriba. Por debajo de ellos se iba congregando una multitud de animales muy excitados, porque en aquel aletargado pueblo no era frecuente que pasara algo tan emocionante. Los bien intencionados se llevaron las patas a la cara en señal de consternación, mientras que los de carácter más duro bromeaban y se mofaban.

—¡Oh —se lamentó Sapo—, mi precioso globo! ¿Ahora qué

hacemos, Topito? ¿Debería dar gas? ¿O debería quitar gas? No puedo pensar con claridad.

—¡No toques el gas! ¡No toques nada! —gritó Topo—. Por lo que parece, estamos encajados. De algún modo tenemos que encontrar el modo de bajar y luego enviar a alguien con un carro a recoger el globo.

Estaba enfadadísimo con Sapo, que, al fin y al cabo, era el piloto y el responsable.

Sapo notó la rabia en la voz de su amigo y le pareció injusto.

—¡Ha sido el viento! No es culpa mía. Te advertí que estas cosas no se pueden gobernar.

—Maldita sea —refunfuñó Topo—. Tienes toda la razón, Sapo. En realidad, es culpa mía por ponerme en tus manos. Ratita intentó avisarme, y tenía toda la razón. Cualquier criatura con un mínimo de sentido común se habría dado cuenta de que era una mala idea. El año pasado fueron los choques en barca, luego vinieron los accidentes de coche, y ahora esto. Desde luego las señales estaban ahí, pero ¿he hecho caso de ellas? ¡No, claro que no! —El topo siguió despotricando, culpándose duramente por su falta de sentido común.

Sapo se quedó escuchándole, atónito, porque nunca había visto tan enfadado a Topo, que solía mostrarse muy sereno. Por otra parte, él nunca se había liberado de sus responsabilidades con tanta facilidad. Pero después de oír a Topo reprendiéndose a sí mismo durante

un minuto seguido, Sapo empezó a sentirse decididamente incó-
modo. Pasado otro minuto, no aguantó más y, como en el fondo era
un tipo con conciencia, no pudo evitar intervenir:

—Topito, viejo amigo, no te enfades tanto contigo mismo. Es todo
culpa mía, de verdad, solo culpa mía, y lo siento muchísimo —dijo, con
ojos suplicantes en los que asomaban las lágrimas—. Soy un sapo muy
tonto. ¿Podrás llegar a perdonarme?

Topo se tragó las ganas de replicar con un exabrupto y soltó un gran
suspiro.

—Sapo, ambos tendríamos que haber mirado por dónde íbamos.
No sirve de nada quedarnos aquí repartiéndonos las culpas. No nos
ayudará a bajar de aquí. Tenemos que abandonar la nave.

—Esto… —dijo Sapo, nervioso—. ¿Y cómo lo hacemos?

—Tienes algo de cuerda por ahí, ¿no?

—Ehmm, sí…, pero ¿por qué?

—Pues porque tenemos que bajar por ella, claro.

Sapo se quedó pálido de pronto.

—¿Estás seguro, Topito? Es que yo soy…, bueno… —dijo, cada vez con
menos voz—, puede que te resulte difícil de creer, ya que por lo demás soy
un tipo extraordinariamente atlético…, pero el alpinismo no es lo mío,
¿sabes? No soy un gran escalador.

Topo rebuscó y encontró un rollo de cuerda.

—Bueno, pues vas a tener que serlo…, o quizá prefieras vivir el resto de tus días aquí arriba. ¿Cuánto tiempo crees que te van a durar esos bocadillos?

Sapo se quedó aún más pálido. Topo hizo una serie de nudos en la cuerda y la ató a la cesta. Lanzó el cabo por la borda. Al mirar abajo, vio que se acababa bastante antes de llegar al suelo. Frunció el ceño, decepcionado, al plantearse lo que les esperaba. La cuerda solo les permitiría llegar al tejado. Pero tendrían que apañárselas con eso.

En la calle, más abajo, una familia de erizos (que tenían mucho más sentido común que los conejos y las ardillas) habían ido corriendo a casa y habían traído una colcha, que tenían extendida bien tensa, por si sucedía una catástrofe. Topo contuvo un escalofrío y dijo:

—Venga, Sapito. Yo iré primero. Tú sígueme y haz lo que haga yo. Y recuerda: «no mires abajo».

—Topito —gimoteó Sapo—, no creo que pueda hacerlo.

—Claro que puedes —replicó Topo—, por el simple motivo de que «tienes» que hacerlo. Ahora vamos, venga. —El topo se subió al borde de la cesta y empezó a bajar por la cuerda anudada, evitando en todo momento mirar al suelo—. ¿Vienes detrás, Sapo? —dijo.

De la cesta salió un lloriqueo mal contenido.

—¡Sapo! —espetó Topo, que tenía ya los nervios de punta—. ¡Haz el favor de venir ahora mismo! —Sapo, con los ojos desorbitados de miedo, miró al exterior desde la cesta. Topo se lo quedó mirando—. ¡No me hagas volver ahí arriba!

Sapo hizo que no con la cabeza, sin decir nada, y se quedó inmóvil.

Topo, que ya estaba a medio descenso, se dio cuenta de que las amenazas no servirían para nada. Decidió cambiar de táctica (algo nada fácil de hacer, cuando uno está concentrado en bajar por una cuerda en lo alto de un tejado) y empleó la estrategia de la vergüenza como herramienta correctiva.

—Sé que te he advertido para que no mires abajo, Sapo, pero he cambiado de opinión. Mira abajo y dime lo que ves.

Sapo miró a la multitud que los observaba. Un par de los conejos más jóvenes los saludaban con la mano, convencidos de que aquello era algún tipo de divertida atracción montada para ellos.

—Todo el pueblo debe de estar ahí abajo —dijo Topo—. ¿Y qué crees tú que están haciendo?

Sapo sacudió la cabeza.

—Pues te están mirando a ti. Están hablando de ti, todos ellos. ¿Y qué crees que dirán mañana, cuando vuelvan después del desayuno y se den cuenta de que aún sigues en la cesta?

Sapo miró a Topo, sin saber qué decir.

—Bueno, ya me lo imagino —dijo Topo.

Sapo frunció el ceño.

—¿Tú no? —añadió el otro.

Sapo frunció el ceño aún más.

—Estarán riéndose de ti durante años.

El entrecejo de Sapo se convirtió en un gesto de rabia.

—Probablemente ahora mismo estarán haciendo apuestas sobre cuánto tiempo te quedarás aquí, sin poder bajar.

Topo bajó el último tramo hasta el tejado de pizarra, y antes de que pudiera quitarse el polvo de encima, se encontró con Sapo, que había bajado como un rayo. A lo lejos se oyeron los vítores de la multitud.

—Vaya —dijo Topo—. Me alegro de que finalmente decidieras bajar.

—Pensé que quizá necesitarías mi ayuda —respondió el otro, tratando de recobrar el aliento. Consternado, miró hacia la multitud, que aún quedaba bastante por debajo—. ¿Qué hacemos ahora, Topito?

Topo examinó el lugar y descubrió una serie de desagües que desembocaban en un canalón descendente.

—Tendremos que bajar por el desagüe. No veo otro modo.

Sapo se mordió el labio.

—¿Estás seguro?

—Iré delante. Sígueme y haz lo que yo haga.

Topo se agachó y se arrastró por el desagüe de plomo al borde del tejado, y Sapo, aterrado, le siguió. Los débiles canalones de plomo se agitaban alarmantemente con el peso de ambos. Topo empezó a sudar.

—¡Sapo! —le reprendió—. Sé que te he dicho que me sigas, pero tan juntos pesamos demasiado. Mantente a distancia.

—¡No! —imploró Sapo.

—¡Eres-un-animal-muy-provocador! —respondió Topo, apretando los dientes.

El desagüe protestó bajo el peso de ambos. El ruido alarmó tanto a Topo que prácticamente cubrió el tramo restante hasta la tubería descendente a la carrera, con Sapo pegado a sus talones. Retomaron aliento y Sapo saludó con la mano a los mirones, que le respondieron con un murmullo de alivio.

—Deja de actuar para el público —le regañó Topo—. ¡Esto es serio!

Sin embargo, no había peor estímulo a la vanidad de Sapo que la atención dispensada por un público entregado. Hizo una profunda reverencia y, al momento, perdió el equilibrio, emitió un grito ahogado y, por un pavoroso instante, se encontró tambaleándose al borde del tejado, agitando desesperadamente los brazos.

Topo se apresuró a agarrarlo de la ropa y le salvó de una caída segura al suelo. El público soltó un «oooooh» y le dedicó a Topo un sentido aplauso.

—¡Deja ya de menearte! —le regañó Topo—. Tenemos que concentrarnos en bajar de aquí de una pieza.

—Lo…, lo siento —balbució Sapo, avergonzado, y realmente lo sentía.

El topo le acababa de salvar la vida, y eso es algo que uno siempre tiene que ser capaz de agradecer.

—Bueno —dijo Topo—. Tenemos que bajar por esta cañería. Agárrate con fuerza con las cuatro patas y baja como si estuvieras deslizándote por el tronco de un árbol. Yo iré delante. ¡Y por lo que más quieras, esta vez no te pegues a mí!

Topo se agarró a la cañería y fue deslizándose por ella. El bajante, después de todo un día al sol, estaba ardiendo. Topo fue descendiendo, y ya llevaba más de la mitad de la bajada cuando levantó la vista y vio a Sapo deslizándose por la tubería a una velocidad alarmante.

—¡Agárrate, Sapo! ¡No bajes tan rápido!

—¡No puedo! ¡Quema!

Afortunadamente estaban apenas a medio metro del suelo cuando las patas de Sapo fueron a dar contra la cabeza de Topo, provocando que nuestros héroes aterrizaran enredados el uno con el otro. Topo se masajeó con cuidado el dolorido cráneo mientras Sapo hacía reverencias y saludaba al público congregado, que aplaudía.

Topo consiguió por fin apartarlo de allí, y juntos lograron que los llevaran en el carro del carbón a la Mansión del Sapo. Este se pasó todo el viaje presumiendo ante el carbonero sobre su proeza, presentándose como el cerebro del pavoroso descenso desde el chapitel:

—…Y entonces me di cuenta —seguía parloteando— de que el único modo de bajar era usando la cuerda. Afortunadamente, soy un escalador excelente y un prodigioso atleta, uno de esos seres afortunados a los que la naturaleza ha bendecido a la vez con fuerza y agilidad. Por no hablar de mi sutil elegancia. O de mi ingenio. Incluso el amigo Topo (que tampoco se defiende mal con la cuerda) ha aprendido hoy una o dos cosas de mí. Lástima que me obstruyera el camino en el descenso final y me estropeara lo que habría sido un aterrizaje perfecto. Le advertí que se apartara, pero no lo hizo y me torció la pata con la cabeza, lo que me ha provocado esta terrible lesión. Pero no importa, porque estoy hecho de hierro…

Aquella fue la recompensa de Topo por su valiente actuación.

Nuestros aventureros por fin llegaron a casa, sucios, quemados por el sol y agotados. Lo primero que hizo Sapo fue enviar un mensaje a un equipo de ardillas silvestres para que recuperaran el globo. Topo, pese a lamentar de puertas afuera los daños sufridos por la aeronave, por dentro estaba satisfecho, porque se había lanzado al campo de batalla, se había enfrentado a sus miedos y los había superado.[4] ¡Muy bien, valiente!

¡Ahora lo que tenía que pensar era cómo se lo iba a decir a Ratita!

---

4. Esto es una metáfora, una figura retórica en la que se dice algo para describir otra cosa de un modo nuevo, dándole color. «Lanzarse al campo de batalla» es hacer acopio de valor y enfrentarse al enemigo; así, en este caso, quiere decir que nuestro personaje se ha enfrentado a una dura prueba.

CAPÍTULO 4

La Feria de Mayo

En la que nuestros héroes celebrarán la llegada del verano,
y dos de ellos saborearán el dolor, aunque de formas diferentes.

Topo se fue trotando alegremente por el sendero hacia el río, y se detuvo aquí y allá para admirar alguna margarita u olisquear un lirio del valle. Estaba de un humor excelente, porque no solo era el día de la Feria de Mayo, sino que Rata le había dejado su minúscula barquita en el amarre, de modo que podría ir río abajo hasta la casa de su amigo tranquilamente. (Sapo había rescatado su globo, pero Topo había jurado que no volvería a volar, aunque aquello significara no ver el océano.)

—¡Mi viejo amigo Ratita! —dijo, para sí—. Qué considerado. Siempre pensando en los amigos. A diferencia de otros, como los sapos.

Pero aunque era cierto que contar con la compañía de Sapo era un placer que más valía experimentar en pequeñas dosis, en cuanto Topo hizo aquella reflexión se sintió algo avergonzado, porque era un buen tipo y no le gustaba hablar mal del prójimo (aunque fuera de alguien que se lo mereciera realmente). Decidió buscarle el lado positivo a Sapo, que en el fondo era cierto que tenía —a pesar de ser, en esencia…, tan «sapo»— algunas virtudes apreciables.

Topo subió con cuidado a la barquita y soltó amarras[5] tal como le había enseñado Ratita. Un momento más tarde ya estaba navegando.

No veía la hora de tener su propia barquita, equipada primorosamente con cómodos cojines y accesorios de latón brillante. La llamaría…, la llamaría… *La barquita de Topo*. Oh, vaya, qué poca imaginación.[6] No, ese nombre no podía ponérselo. Una preciosa barquita debía tener un nombre encantador. Le dio vueltas al asunto, pero no se le ocurría nada apropiado. Bueno, tampoco pasaba nada. Hacía un día demasiado bonito para darle vueltas a la cabeza. La brisa, que soplaba inconstante por las orillas, agitaba los arbustos haciéndolos cantar, y los juncos daban el contrapunto con un alegre repiqueteo: «¡El primero de mayo! ¡El primero de mayo! ¡Un día de

---

5. Soltar amarras es un término náutico. Las amarras son las cuerdas que sujetan los barcos al muelle.

6. En eso Topo tiene toda la razón.

fiesta desde que canta el gallo!». Antes de que se diera cuenta, vio el sauce llorón inclinado que le indicaba que había llegado a la acogedora madriguera de Rata bajo la orilla.

—¡Hola, Topo! —le saludó Rata desde la entrada, mientras este ataba bien la barca.

—¡Hola, Ratita! Qué buen día para la feria.

—El mejor. Un momentito…, ya casi estoy listo —dijo Rata, mientras acababa de atusarse el engominado pelo con un par de cepillitos de plata—. Muy bien. Ya podemos irnos.

Los dos treparon a la sombra de la vegetación ribereña y fueron a parar al fangoso prado. A plena luz del día, la nueva casaca del topo brillaba con un alarmante tono naranja que no solía verse en la naturaleza. La rata de agua se sorprendió y echó un vistazo de cerca al nuevo atuendo de su amigo apretando los ojos y frunciendo la frente.

—¿Qué pasa, Ratita? —preguntó Topo.

—Oh, nada —respondió él al cabo de un momento—. Es solo que…

—¿Te duele la barriga? Tienes la cara que sueles poner cuando pierdes el control y comes demasiado.

—Es que… No sé, amigo, pero… ¿De verdad vas a llevar esa casaca?

Topo bajó la vista y miró su nueva prenda.

—¿El qué? ¿Esto? —preguntó, con cierto desánimo en la voz—. ¿Te parece demasiado chillón?

Rata, que era por naturaleza amable y perspicaz, notó la decepción en la voz de su amigo y se apresuró a arreglar las cosas:

—No, no, hombre. Es perfecto. Es nueva, ¿no? Y qué color más llamativo y alegre. ¿Cómo lo llamarías?

—El sastre lo llamó «mandarina *mélange*»[7] —dijo Topo, inseguro.

—Bueno, bueno —respondió Rata—. Mandarina *mélange*. Qué… elegante. Es muy… festivo.

—Desde luego el sastre dijo que es el último grito —repuso Topo, haciendo acopio de valor.

—Ah, bueno. Sí, el ultimísimo grito. Rsalta tu color natural. En fin, ahora pongámonos en marcha, chico. Paso ligero —ordenó Ratita—. No queremos perdernos ni un momento de la fiesta.

Se pusieron en marcha, pero Topo iba lamentándose para sus adentros. ¡Qué topo más ciego estaba hecho! ¿Por qué había permitido que el sastre le colocara el mandarina *mélange* cuando algo en su interior —el sentido común— le decía que no era una buena idea? ¿Por qué no había optado por lo de siempre, los clásicos cuadros grises y blancos? Le dio vueltas a la cabeza un rato, pero hacía demasiado buen día como para que el malestar le durara mucho, y enseguida se animó.

---

7. Sí, querido lector, es algo raro: *mélange* es una palabra francesa que en realidad significa algo muy sencillo, la mezcla de varios colores. Los franceses siempre hacen cosas así, empeñándose en usar una palabra elaborada cuando con una más sencilla bastaría. Qué bien. Muchas gracias, *monsieurs*.

Atravesaron el frondoso pantano, poblado de enjambres de enjoyadas libélulas; pasaron junto a verdes campos de centeno agitado por el viento y muy pronto llegaron a un transitado camino junto a los setos. Todos los pobladores del sotobosque seguían el sendero, arrastrándose, dando saltitos o agitando las alas. Ni siquiera las sombras del Bosque Salvaje que se cernían en el horizonte podían desmerecer aquel día, ya que estaba claro que el verano había anunciado su llegada.

En aquellos momentos, cuando la veleidosa brisa soplaba en su dirección, podían oír a lo lejos el agudo soniquete de la zanfona que tocaba sugerentes fragmentos de viejas canciones; canciones transmitidas de un animal a otro durante innumerables generaciones; canciones de agradecimiento por las comodidades de una madriguera calentita, por una alacena llena, por una camada sana o por el regreso del verano. El camino trazó una curva y allí, en el centro del prado que apareció a continuación, estaba la feria en todo su esplendor.

Había un puesto de tiro a la nuez, otro de pesca de premios y una barca-columpio. Había una ardilla con zancos y una adivina que leía las cartas, aunque al mirarla de cerca vieron que no era otra que la señora Nutria ataviada con un turbante violeta y un chal con estampado de cachemira. Había puestos con todo tipo de fruslerías y quincalla para los jóvenes (no hay animal joven que se resista a la atracción de esas cosas). Había bizcochos, galletitas de mantequilla y rollitos de mermelada.

Había helados de muchos sabores, limonada, agua de cebada y cerveza de jengibre, y el más sublime de los dulces pringosos, el algodón de azúcar rosa. Había dulces suficientes como para provocar un empacho a todos los animales presentes.[8] En medio de todo aquel jaleo había un mayo, un largo poste hecho con un tronco de abeto decorado con largas cintas de colores a la espera de que los bailarines las agarraran y las trenzaran con sus bailes.

Al lamento de la zanfona se le unió enseguida el silbido de una flauta dulce y el repiqueteo de una pandereta —*¡chac-a-chac!*—. Una banda de ardillas rojas se puso en formación e inició una danza Morris,[9] vestidas con vistosos fajines y haciendo sonar los relucientes cascabeles en una coreografía que tenía cientos de años de antigüedad. Una pandilla de conejos murmuraban tapándose la boca con las patitas, pero

---

8. Perdonad lo larga que es esta nota, pero muchos de estos términos pueden parecer extraños, así que dejadme que me explique: el tiro a la nuez es un juego de carnaval en el que se lanzan pelotas de madera a una fila de nueces de cacao; quien derriba una se la puede quedar. El puesto de pesca de premios consiste en un depósito de serrín donde se puede meter la mano hasta el codo en busca de un pequeño premio. Lo malo es que después te pica la piel a rabiar el resto del día. Una barca-columpio es un enorme columpio en el que pueden subir varios individuos a la vez, en muchos casos con interesantes resultados. En algunos lugares del mundo, los rollitos de mermelada se confunden con los brazos de gitano, y hay sitios donde el algodón de azúcar se llama «hilado de azúcar». Ah, y casi se me olvida: la zanfona es un desgraciado cruce entre un violín y un acordeón, e incorpora las características más indeseables de ambos instrumentos.

9 La danza Morris consiste en dos filas de bailarines vestidos con ropas de vivos colores, con cintas atadas alrededor de las piernas y palos decorados con más cintas y cascabeles en las manos. El paso principal parece ser un simple saltito de una pierna a la otra. En algunos países es una costumbre popular que lleva practicándose mucho tiempo. ¡Nadie se atreve a decirles lo tontos que quedan los bailarines!

lo suficientemente fuerte como para que se los oyera —«Menuda birria de saltitos», «¿Por qué no nos lo han pedido a nosotros?», «Al fin y al cabo somos los especialistas en saltos», etcétera—, tal como suelen insistir los que creen que ellos lo harían mejor, estropeando el espectáculo y aburriendo a los demás con sus críticas.

—¡Mira, Ratita! —señaló el topo—. Ahí está el amigo Tejón. Qué sorpresa verlo por aquí, con lo poco que le gusta mostrarse en sociedad.

—Por Dios, Topito, esto no es mostrarse en sociedad. Mostrarse en sociedad es sentarse en recargados salones con una compañía aburrida, adoptando poses ridículas y cacareando sobre temas insulsos, procurando guardar las formas, manteniendo en equilibrio perfecto la taza de té sobre las rodillas y preocupándose de lo que pensarán los demás si a alguien se le ocurre coger la última porción de tarta. Es lo más aburrido que te puedas imaginar. Pero la feria… ¡La feria es muy diferente! Solo tienes que mirar a tu alrededor. Es toda una celebración de la vida, de la cosecha, de la savia que bulle. Es muuuuy diferente, desde luego.

Una familia de ratones de campo jugaban a pillar y el ratoncito más joven, que iba tras los demás, acabó rodando por los suelos a los pies del tejón. El ratón, alarmado, soltó un chillido, pero el tejón se limitó a levantarlo cogiéndolo por el pescuezo, le sacudió el polvo y lo puso en pie.

—No pasa nada, jovencito. ¿Estás bien? —le dijo, en tono amable.

—Sí, señor. Señor Tejón, sí —balbució el ratoncito.

El tejón sacó dos peniques del bolsillo y los puso en la patita del ratón.

—Anda, ve. Y el resto de vosotros, ratones, deberíais tener más cuidado con este pequeño

—Sí, señor Tejón, lo haremos —farfullaron los otros, aterrados, y se alejaron del temible tejón gris todo lo rápido que les permitían sus patas.

—¡Hola, muchachos! —saludó Tejón, al ver a sus amigos—. Pensé que os encontraría aquí.

—Estamos todos aquí. Hasta las comadrejas y los armiños se han dejado caer —respondió Rata.

Efectivamente, un grupo de comadrejas y armiños, conscientes de que su presencia despertaba susceptibilidades, saludaron con educación tocándose el sombrero y haciendo una reverencia a Topo, Tejón y Rata —los tres grandes guerreros—, que, aunque no se dignaron hablar a sus antiguos rivales, les respondieron con un gesto de la cabeza en una demostración de obligada educación. *Noblesse oblige.*[10]

—Pero no estamos todos aquí —advirtió Topo—. ¿Dónde está Sapo?

—Por lo que le conozco, probablemente estará esperando el momento para hacer una entrada triunfal —gruñó Tejón—. Y «lo conozco». Más de lo que me gustaría.

Efectivamente, en cuanto Tejón acabó de pronunciar esas palabras, el globo de Sapo apareció en el cielo y provocó un murmullo de admiración entre la multitud. El piloto se asomó por el borde de la cesta, quizás aún demasiado lejos, y gritó:

—¡Apartaos! ¡Voy a echar el ancla!

Aquel anuncio provocó una estampida de animales en todas las direcciones de la brújula, hasta dejar un claro del tamaño suficiente para garantizar un aterrizaje seguro.

—No, Sapo —gritó Topo, alarmado—. ¡Cuidado! ¡Vas a caer…!

E inmediatamente, Sapo, el más testarudo, el más cabeza hueca, el más aturullado de los animales, cayó por la borda y fue a dar contra el suelo, con un sonoro batacazo.

---

10. «Nobleza obliga.» También es francés. Significa mostrarse amable con los inferiores.

—¡Sapo! —gritaron sus amigos, consternados, seguros de que el animal que yacía inmóvil en el suelo (la criatura antes conocida como señor Sapo) había quedado por fin despojado de sus mortales ataduras. Pero para su alivio, aquel cuerpo tendido de bruces emitió un leve gemido.[11]

—Aaaaargh —gruñó Sapo.

—¡Está vivo! —gritó Rata.

—¡Sapo está vivo! —exclamó Topo.

—¡Maldito sapo estúpido! —imprecó Tejón.

Rata y Topo estaban demasiado preocupados por su amigo herido para reprender a Tejón por su lenguaje sorprendentemente malsonante. Al fin y al cabo, aquella era una reacción desmedida.

—¡Dejadle espacio para que respire! —gritó Rata a la multitud que se concentraba alrededor para ver mejor—. ¡Necesita aire!

—Lo que necesita es que le metan algo de sentido común en la cabeza, igual a base de mamporros, como este —declaró Tejón—. Y mirad, ahí va el globo. Probablemente sea lo mejor.

—¿Dónde estoy? —dijo Sapo—. ¿Qué ha pasado?

—Pues que te has caído del globo, pedazo de alcornoque —contestó Rata—, y nos has dado un susto de muerte.

—¿Eso he hecho? —respondió Sapo, riendo—. ¡Vaya, eso he hecho!

---

11. La autora desea asegurarle al lector que ningún sapo resultó herido durante la redacción de este libro.

—repitió. Para alivio de sus amigos, había recuperado su tono habitual. (Os habréis dado cuenta de que los sapos son unos animales bastante resistentes y que tienden a rebotar sin problemas.) Se irguió y, sentado, apenas tuvo tiempo de ver cómo su globo se perdía en el horizonte.

Topo esperaba una escena de lamentos y desespero, pero no ocurrió.

—Sapo —dijo—, ¿qué vamos a hacer con tu globo?

—Supongo que tendré que comprarme otro nuevo —decidió Sapo—. No deja de ser una pesadez, pero me lo puedo permitir. ¿Os parece que esta vez me lo compre rojo?

Aquella actitud frívola fue demasiado para la rata. Cogió a Sapo por el cuello y le gritó:

—¡Animalucho inconsciente! ¿Y si al caer alguien resulta herido? Llamarán a la policía, vendrán a por ti los alguaciles, y dudo que el juez haya olvidado tu último conflicto con la ley por robar un automóvil.

Sapo palideció ante el recuerdo de su estancia en la mazmorra más húmeda y oscura de Inglaterra, pese a lo breve que había sido.

—Oh, Ratita… ¿Qué voy a hacer? —dijo. Se quedó pensando un momento y de pronto se le iluminó la cara—. Ya sé; ofreceré una recompensa a quien me lo devuelva. Eso lo arreglará todo. —Se giró hacia la multitud, que empezaba a dispersarse, y gritó—: ¡Una libra para quien me devuelva el globo a la Mansión del Sapo![12]

---

12. La libra en este caso se refiere a la moneda, no a la unidad de peso.

¡Nada menos que una libra! Por el efecto que tuvieron esas palabras sobre la multitud, parecía como si Sapo hubiera pronunciado una fórmula mágica. Más de una docena de los presentes salieron corriendo en dirección al globo, que iba desapareciendo de la vista: una ágil liebre se puso en cabeza, muy destacada; una serie de erizos trotaban a medio camino y una tortuga iba a la cola, avanzando a ritmo imperturbable.

El grupo de amigos acompañó a Sapo a la sombra de un roble y le dieron un refrescante vaso de cerveza de jengibre. Tras un breve descanso, por fin pudo ponerse en pie y caminar (aunque cojeaba, quizás exagerando un poco), atrayendo la atención de muchos, que se interesaban por su estado físico. Toda aquella atención no le hizo ningún bien al engreído animal, altivo y presuntuoso por naturaleza. El tejón, exasperado, soltó unas cuantas palabras bien escogidas, secas y cortantes, que consiguieron deshinchar al sapo de inmediato, como si se tratara de otro globo que de pronto hubiera reventado.

Se pasaron una hora paseando por ahí, probando confites y golosinas, hasta que sonó la música que indicaba que era la hora del baile en el Mayo. La pobre Nutria, cuya ingrata misión era organizar a los bailarines y darles una mínima apariencia de orden, estaba demasiado atareada como para poder hablar con sus amigos y solo pudo saludarlos de lejos entre toques de silbato y gritos de: «¡A ver, ratones, parad inmediatamente!» o «¡Topillos! ¡Por aquí, en doble fila!». Los bailarines se arremolinaban y charlaban, y no había manera de que ocuparan su lugar, tal como era de esperar en aquel nutrido grupo de animales tan nerviosos, especialmente en el entorno de la feria, por lo que Nutria tardó más de cinco minutos en organizarlos. Por fin la banda inició la consabida melodía y se pusieron en marcha, dando vueltas, rodeando el mayo como el amplio remolino de agua que se formaba bajo la presa.

Topo daba palmas, Sapo tarareaba la melodía, e incluso Tejón seguía el ritmo con la pata. Pero Ratita no hizo ninguna de esas cosas. Se quedó mirando a los bailarines, atentamente, presa de una gran agitación. Los tensos bigotes le temblaban. Tenía el pelo de punta. Parecía como si le hubiera caído un rayo encima.

—Ratita —dijo Topo—. ¿Qué te pasa?

Rata farfulló algo incomprensible con la boca llena de caramelos de regaliz. Desde luego no era la imagen más agradable del mundo. Señaló con una patita temblorosa en dirección al mayo.

—¡Ratita, háblame! ¡Socorro, Tejón! Le ha dado un ataque de algún tipo —anunció el topo, y zarandeó a su amigo, caído como una marioneta.

Topo dio una palmada frente a la cara de Rata, pero este no parpadeó siquiera. Tejón lo miró atentamente y reflexionó un momento; luego se situó detrás de su amigo traspuesto y señaló con su largo morro afilado en la misma dirección que Rata, examinando el mundo desde la perspectiva del hipnotizado animal.

—Tejón, ¿qué diantres estás haciendo? —preguntó Topo—. ¿Os habéis vuelto locos los dos?

Tejón analizó la escena y comprobó que Rata de Agua estaba mirando, extasiado, a una de las bailarinas. Era una forastera, de los Prados Lejanos, una preciosa ratita de agua con unos relucientes ojos marrones, el pelo brillante, orejas perfectas y un delicado hocico. Cruzó la mirada con Rata y luego la apartó.

—¡Vaya! —suspiró Tejón—. No hay nada que hacer, Topo, ha caído. Le ha atrapado, me temo, y solo hay una cura para eso.

—¿Le ha atrapado? —exclamó Topo, alarmado—. ¿Le ha «atrapado»? ¿Qué es lo que le ha atrapado?

Tejón respondió con gravedad:

—Se llama amor.

CAPÍTULO 5

Una vida que cambia para siempre

En el que Ratita iniciará el cortejo.
(Los que no soportéis estas escenas tan romanticonas
tapaos los ojos hasta que lleguemos al capítulo 6.)

L a feria había acabado hacía tres días. Sapo no sufría ninguna secuela de su caída, pero Rata de Agua ya no era el mismo. Había puesto los ojos en la bella Matilda y se había enamorado como un bobo. Se puso malo, acabó en la cama y Topo se pasaba el tiempo yendo y viniendo, cortándole la corteza de las tostadas y preparándole nutritivos caldos y reconfortantes tónicos. A pesar de sus atentos cuidados, Rata yacía con fiebre y abotargado bajo las sábanas, y no hacía otra cosa que mirar al techo y debatirse entre estremecedores suspiros.

Al cuarto día, posó la mirada en su preocupado enfermero y suspiró:

—Querido Topo, amigo incondicional. Qué bueno has sido conmigo. Si…, si me pasara algo…, quiero que te quedes mi barca.

Al oír aquello, el topo se alarmó sobremanera y dio aviso de que fueran a buscar inmediatamente a Tejón, que llegó media hora más tarde de muy mal humor, ya que le habían despertado de su siesta.

—¿A qué viene todo este jaleo? —bramó Tejón al entrar por la puerta—. ¡Rata, mueve las patas![13] ¡Sal de la cama ahora! Te comportas ridículamente. Mira al pobre Topo. Está desquiciado, y es todo culpa tuya.

—Pero, Tejón —se defendió Rata, lastimero—, no estoy bien.

—Claro que no estás bien —espetó Tejón—. Estás enamorado, y para eso no hay otro remedio que ponerte tus mejores galas,[14] irte hasta Prados Lejanos y decirle a Matilda lo que sientes.

—¿De…, decir…, decírselo? —balbució Rata, palideciendo—. ¿Te refieres a que hable con ella? Oh, eso…, eso… Oh, no, no podría.

—Ratita —dijo Tejón, muy serio—. ¿Eres un hombre o un ratón?[15]

Rata se lo pensó.

—Bueno, en realidad, como ya sabéis…

Pero el airado Tejón le cortó.

---

13. Quiere decir «ponte en marcha».

14. «Ponerte tus mejores galas» quiere decir que se vista con sus mejores ropas.

15. Tejón habla metafóricamente. (*Véase la nota 5.*).

—¡Venga, hombre! Échame una mano —ordenó.

Con ayuda del Topo levantaron las sábanas y se abalanzaron sobre Rata, que, de pronto recuperado, se agarró al poste de la cama y pataleó con fuerza intentando zafarse. Por fin consiguieron soltarlo, le cepillaron los dientes (desparramando un montón de espuma que le caía de la boca como si tuviera la rabia) y lo vistieron con su traje de fiesta, mientras él se defendía con ataques rabiosos. Por fin, jadeando, arrastraron a Rata hasta la puerta de entrada y la cerraron tras él.

Allí apostados, siguieron oyendo sus gritos a lo lejos:

—¡Soy un pobre enfermo, pedazo de brutos! ¡No podéis hacerme esto!

—¡Por Dios! —exclamó Topo, jadeando y secándose el sudor de la frente con el pañuelo—. Nunca imaginé que Ratita tuviera tanta fuerza. Supongo que le viene de tanto remar. ¿Una taza de té, Tejón?

—No me importaría.

Topo se dispuso a preparar el té y fingió no oír los golpes que la airada rata daba desde el otro lado de la sólida puerta de roble. Cinco minutos más tarde, la intensidad de los golpes menguó y por fin pararon.

—¿De verdad era necesario que fuéramos tan bruscos con él? —preguntó Topo.

—¡Bah! —respondió Tejón—. Eso ya lo he visto antes. Le pasa hasta al mejor de los animales. ¿Crees que quedará alguna galletita de mantequilla en esa lata?

Rata de Agua, expulsado de su propia madriguera y sin nada mejor que hacer para ocupar el tiempo, se fue refunfuñando por el prado, dando patadas a los montones de tierra que encontraba por el camino y cociéndose en su propia rabia. ¡Que sus viejos amigos, sus amigos más próximos, le hubieran tratado de aquella manera! ¡Que le hubieran sacado de su propia casa, de su propia cama! ¡Qué valor! Era una afrenta imperdonable. Era… La verdad era que hacía un día tan radiante que, en el fondo, pues era un tipo muy adaptable, enseguida sintió que el mal humor desaparecía. Arrancó una pajita y se la llevó a la boca, y la mordisqueó mientras paseaba, porque no hay nada que ayude más a concentrarse que mordisquear una pajita. La magia del fino tallo dorado surtió efecto y Rata se dio cuenta de que sus amigos tenían razón. Una poderosa fuerza ilógica se había adueñado de su cerebro, de su alma, de todo su ser. Estaba atrapado, embrujado por la más antigua de las emociones: el amor.

Solo había un remedio, una cura, para una rata que hubiera caído en aquella trampa: buscar a la señorita Matilda y confesarle lo que le pasaba. Compondría un poema en su honor. Le presentaría una prueba de afecto, con la esperanza de que le sonriera al oír sus palabras. El corazón de Rata se llenó de una ferviente devoción por su amada. ¿Cómo podía existir en el mundo una criatura tan perfecta? ¡Aquel manto de pelo reluciente! ¡Aquella elegancia irresistible! Estaba seguro de que la habían creado para él, y a él para ella. El uno para el otro. ¿O no? Tendría que exprimir al máximo su capacidad creativa para estar a su altura. De su bolsillo sacó un trozo de papel y un pequeño lápiz. (Todas sus chaquetas iban provistas de las mismas herramientas, por si surgía una emergencia poética, porque uno nunca sabe cuándo va a llegarle la inspiración, así de pronto.)

—Veamos… —murmuró, para sus adentros—. «Había una ratita llamada Matilda…» Venga, Rata, ¿es eso todo lo que se te ocurre? No, no, el *limerick* [16] es un tipo de poema muy cuestionable, arriesgado cuando menos. Probemos con un soneto. Hmmm. «¿Puedo compararos con un día de verano?» Ese es un verso estupendo, pero creo que ya se ha hecho antes. Intentemos otra cosa. Veamos… ¿qué rima con bigotes? —Se estrujó el cerebro unos cinco minutos y, al final, a regañadientes, tuvo que admitir su derrota—. Bueno, nada. En realidad no rima nada.

Rata estaba tan obcecado con perfeccionar sus rimas que perdió de vista el camino y llegó a los Prados Lejanos sin darse cuenta. Aún estaba enfrascado en un pareado…

Ba-dum ba-dum da-di da-diiii…

Y tararí, tarará.

---

16. El *limerick* es un poema humorístico inglés de cinco versos. Desde luego no era lo más indicado.

Entonces rodeó la curva del río y se encontró ante la madriguera de Matilda. Rata cayó en la cuenta y tragó saliva. Aún no era tarde para dar la vuelta y refugiarse en su cómoda madriguera. Pero tendría que enfrentarse a la ira de Topo y Tejón, que, pese a sus virtudes y su inquebrantable sentido de la amistad, eran de lo más duro cuando se irritaban.

Muy bien, pues. Los débiles de espíritu no conquistan a la ratita de su corazón.

Levantó una pata temblorosa hasta el picaporte de latón y se quedó helado. De pronto cayó en la cuenta de que no sabía nada de ella. ¿Y si no le gustaban las barcas? ¡Qué horror! ¿Y si no le gustaban sus amigos? ¡Qué desastre! Todo era demasiado horroroso para planteárselo. Se vio sumido en un torbellino de horribles ideas y quiso dar media vuelta.

Pero justo en ese momento una brisa se abrió paso entre los juncos y con ella le llegó una suave canción, al principio inaudible, pero después cada vez a mayor volumen. Rata tuvo la sensación de que conocía la canción y los cantantes; que aquel coro invisible lo componían sus ancestros, un ejército de antepasados, innumerables generaciones de ratas de agua que vivieron antes que él durante siglos, hasta perderse en el nebuloso amanecer del tiempo. La multitud de voces componían una cantinela incesante, y Rata consiguió distinguir estas palabras: «Tienes que hacerlo», cantaban las voces. «Lo harás», cantaban una y otra vez.

Rata oyó su canción, asombrado, y se dio cuenta de que se encontraba sometido a una fuerza irresistible, a un ritmo elemental que le corría por las venas. «Tienes que hacerlo… Lo harás…» No había vuelta atrás. Levantó de nuevo la pata pero, antes de que pudiera llamar, la puerta se abrió y allí estaba Matilda en todo su esplendor. Y aunque no habían sido presentados formalmente, y aunque no habían cruzado ni una palabra, Rata notó una sensación de gran calidez que se extendía por todo su ser. Era algo de lo que no podía huir, que no podía evitar: ella era su destino, y él había pasado toda la vida esperando —o más bien toda la naturaleza había estado esperando— aquel preciso momento. Cogió las patitas de Matilda entre las suyas y dijo simplemente:

—Soy Rata de Agua.

—Yo soy Matilda —respondió ella, con una dulce voz.

Y entonces se oyó otra voz procedente del oscuro vestíbulo que se abría tras ella. Una voz profunda y áspera.

—Y yo soy Gunnar, la rata de mar noruega. Nos disponíamos a tomar el té. ¿Qué significa esta interrupción?

Ratita soltó las patas de Matilda y se quedó boquiabierto al ver la silueta que se acercaba por el pasillo.

—Si vienes a vendernos algo, ya te puedes ir —dijo la voz, de mal humor.

Y con aquellas palabras la mano del destino aplastó el sueño de felicidad de Rata y lo descartó como un trozo de periódico viejo. No

quedaba ni rastro de las voces ancestrales, ahogadas por el ruido de su propio pulso, que se le había disparado y le repiqueteaba en los oídos: «Tonto…, tonto…».

Rata de Agua —que nunca había retrocedido un paso en el fragor de la batalla —apenas pudo farfullar:

—Lo siento.

Y dio media vuelta.

—¡No, espera! —exclamó Matilda.

Pero era demasiado tarde. Aquel intrépido luchador, el más duro de los tipos duros, había salido corriendo.

Topo pasó largos ratos consolando al desolado Rata, murmurando frases como: «Venga, chico, anímate; no podías saber que tenía un pretendiente», o «Quizá sea mejor así, ya sabes», o «Estoy seguro de que aparecerá otra ratita en el futuro, tan encantadora como esta». Topo entendía que Rata lloraba la pérdida de una vida diferente, de otro tipo de existencia, con otras patitas calentándose junto a las suyas frente al hogar, y quizá con una camada de ratitas corriendo a saludar a su padre cuando llegara a casa al final del día. Una vida con esposa a hijos, con una familia propia. Pero todas aquellas posibilidades se habían desvanecido. Solo le quedaba el frío consuelo de lo que nunca sería.

De modo que Topo tuvo que esforzarse por mostrarse comprensivo, y no le importó lo más mínimo, porque eso es lo que hacen los amigos por sus amigos: están a su lado cuando las cosas se ponen difíciles; los animan cuando están desanimados; son un puntal y una referencia los unos para los otros. No obstante, el lloriqueo de Rata duraba tanto que hasta el bondadoso Topo acabó hartándose. Y justo cuando decidió que no podía más, Rata se despertó en un día de sol esplendoroso, se levantó de la cama, se estiró y miró por la ventana. Y vio por primera vez el sol de la mañana reflejándose en el agua del río. Olisqueó los sugerentes olores a humedad y fango de las marismas. Oyó el exultante canto de la alondra. Todas aquellas cosas se combinaron en su interior, dándole una renovada sensación de vida. Se vistió sin que hubiera que insistirle y se dirigió a la cocina en busca de alimento. Y allí se encontró a Topo friendo unas tiras de beicon.

—¡Oh, Topito —dijo—, nunca una rata ha tenido un amigo tan fiel! Qué pesado he sido, ahora lo veo. Pero hoy es un nuevo día y, a partir de este momento, soy una rata nueva. Mira el calendario: ¡es el cumpleaños de la reina! Celebrémoslo con un picnic. Y esta noche vamos a festejar el cumpleaños de su majestad con una fiesta. ¡Y fuegos de artificio! ¡Y champán! ¡Levantaremos nuestras copas en alto y brindaremos por la reina y por el imperio!

—Ratita —respondió Topo, con solemnidad—, estoy muy contento de que hayas regresado.

Se dieron la pata y unas palmaditas en la espalda, e hicieron una declaración de amistad eterna. Ambos se giraron un momento para enjugarse discretamente una lágrima.

Luego atacaron la despensa y vaciaron su contenido en una gran cesta de picnic de mimbre, que cargaron a continuación en la barca de remos. Fueron navegando río abajo hasta que encontraron un sitio adecuado, extendieron el mantel de cuadros y se pusieron a dar cuenta de las provisiones. Comieron hasta tener la impresión de que la piel les iba a reventar, como la de una salchicha demasiado cocida. Ratita, que había perdido el apetito durante muchos días, comió como un sabañón.[17] Después, llenos y abotargados, se echaron a la sombra, sobre la hierba verde y dorada, y digirieron su almuerzo tranquilamente mientras el sol transitaba sobre sus cabezas.

Topo dio gracias para sus adentros por que su compañero hubiera sobrevivido a aquel encuentro violento con el amor, porque era algo con lo que él no podía competir, la única fuerza que podría arrebatarle a su amigo.

¿Y qué sería de Topo sin su Rata?

---

17. Los sabañones son esas inflamaciones dolorosas que aparecen en los dedos de las manos, junto a las uñas, cuando hace mucho frío. La verdad es que no comen nada, pero, aun así, se dice que alguien que «come como un sabañón» lo hace en exceso y con ansia.

CAPÍTULO 6

Juego de espadas

*En el que Sapo vivirá una gran aventura
en su propia casa y recibirá una visita inesperada.*

Es algo sabido por todos que un sapo en posesión de una fortuna siempre va en busca de aventura. Es decir, que un sapo aburrido es un sapo peligroso.

Este sapo aburrido en particular estaba sentado en su gran salón, siguiendo las órdenes de su médico de quedarse en casa toda una semana, cuidándose una inflamación de las cuerdas vocales (que se había provocado en la bañera, al intentar alcanzar un do alto en el estribillo final de *Una bicicleta para dos*). Agobiado, tiraba de los hilos de su bata, contemplando sus carísimos tapices, sus elegantes muebles, los retratos al óleo de sus pomposos antepasados. Repasó su colección de brillantes copas, sus relucientes bandejas, la plata bruñida. Sapo lo miró todo y luego suspiró. ¿De qué valían todas esas cosas si no podían darle ni un ápice de acción?[18]

—Vaya, Sapito —se dijo, en voz alta—. Afróntalo: estás aburrido.

Al fin y al cabo, ¿no era un animal de acción, que vivía la vida como una aventura? ¿No sacaba lo mejor de sí mismo en la dura lucha de sus arriesgadas expediciones, cuyo día a día era el riesgo, que se reía a la cara del peligro, que se burlaba de lo desconocido, que…?

—Ojalá tuviera mi globo. Eso sí que era una aventura. Lástima que nadie lo haya encontrado —suspiró lamentándose, mientras repasaba el emblema familiar que colgaba sobre la chimenea: un escudo de armas con cuatro cuadrantes, plateados y azules, un volante en el primer cuadrante que representaba su amor por la velocidad y un espejo dorado en el cuarto que representaba su amor por…, bueno, por sí mismo.

El símbolo de un arrojado y valiente sapo, un sapo de brío y gallardía. ¿No debería un sapo como él estar corriendo entre los toros, sintiendo el cálido aliento del peligro en la nuca? ¿No debería estar abriendo una nueva senda por el gélido hielo hacia el remoto polo, pasando penurias? (Aunque, pensándolo bien, aquello quizá fuera ir demasiado lejos.) ¿No

---

18. Un ápice es algo pequeñísimo, una nimiedad.

debería estar galopando por las llanuras entre una manada de búfalos, con las riendas entre los dientes, blandiendo arco y flecha, mientras el suelo temblaba bajo sus pies con el redoble de un millón de pezuñas?

Por supuesto que sí. Eso era lo que le correspondía a un sapo como él, a un auténtico aventurero, aguerrido y valiente como ningún otro. Y ahí estaba, sentado, con la bata puesta, encerrado por orden del médico, contemplando aburrido sus «cosas».

—Lástima —suspiró—. Lástima que las comadrejas y los armiños se porten tan bien. ¡Si al menos se salieran de la raya, si se propasaran lo más mínimo, al menos tendría una buena excusa para meterlos en cintura a base de mamporros! Atontado medicucho. Menuda sanguijuela.[19] ¿Qué sabrá él del metabolismo de un sapo? Especialmente de un sapo como yo, una criatura hecha de una pasta especial. No hay más que mirarme. ¡Estoy más fuerte que un roble! ¡Podría acabar con cualquier hombre o bestia que se me pusiera por delante!

Se acercó a la chimenea, agarró la larga horquilla del carbón y la agitó en el aire —una, dos, tres veces— y, al hacerlo, las paredes de la Mansión del Sapo desaparecieron de golpe y en su lugar apareció un estilizado navío de guerra, el *Batracius*, atacado por un bergantín que enarbolaba la

---

19. Antiguamente, en Inglaterra, a los médicos se les asociaba con las sanguijuelas, porque las aplicaban para «extraer la mala sangre». Así que la próxima vez que te quejes porque tienes que ir al médico, piensa que podría ser mucho peor.

temida bandera de la calavera y los huesos cruzados. Sapo estaba de pie, en la cubierta en llamas y, haciendo caso omiso de las instrucciones del médico, les gritaba a sus hombres que dispararan los cañones: «¡Disparad, muchachos, fuego a discreción! ¡Les enseñaremos a esos canallas quién es Jack Tar!». El fuego de los cañones y de los mosquetes era ensordecedor; el aire estaba cargado de humo. A su alrededor, la tripulación iba retrocediendo y desmayándose mientras los piratas lanzaban sus ganchos de abordaje y saltaban sobre las jarcias del *Batracius*. Las llamas lamían ávidamente el mástil, y Sapo gritó: «¡Rebujad la *mínsula*! ¡Zafad la *golabesa*! ¡Arriad las *peternias*!».[20] En aquel instante, el capitán de los piratas —el malandrín imaginario— saltó a bordo, con una daga aferrada entre los dientes y blandiendo un alfanje de reluciente acero. Nunca se había visto en el mundo a un pirata tan malvado, con un parche negro sobre un ojo, una curiosa cicatriz que le cruzaba la frente y, lo más inquietante de todo, una pata de palo que no le impedía en absoluto moverse con agilidad.

—¡Arrrr! —gritó el malandrín con una voz que habría dejado helado a cualquiera que no tuviera las agallas de su enemigo—. Así que este es el almirante Sapo, ¿eh? Por fin nos encontramos. ¡Arrrr!

—¡Perro sarnoso! —exclamó Sapo—. No me rindo ante nadie, y mi

---

20. Sapo no hace más que parlotear, inventándose cosas. Si buscas esas palabras en el diccionario, entenderás lo que quiero decir.

bandera no se somete a ninguna: ¡mucho menos ante la de la calavera! ¡Me haré unos tirantes con tus tripas! *En garde!* —ordenó, se lanzó hacia delante y ejecutó una perfecta *balestra,* seguida por un *attaque au fer,* antes de defender una serie de veloces *coups de taille* del malandrín.[21]

—¡Criatura endemoniada! ¡Tu espada no saboreará la sangre de este sapo! —gritó Sapo, y lanzó un furioso mandoble al aire con la horquilla—. ¡Chúpate esa, villano! ¡Y esta otra! ¡Te voy a dar una ración de frío acero para cenar! —Hizo una pausa y murmuró—: ¡Vaya, eso está bastante bien! Tengo que acordarme de esa frase.

Volvió a lanzarse a la acción como un torbellino, agitándose como un derviche, y estuvo a punto de atravesar a su enemigo cuando el compañero del malandrín imaginario, el loro imaginario, apareció de la nada. Graznando unas maldiciones que helaban la sangre, se lanzó volando al rostro de Sapo, haciéndole retroceder y provocando que se le cayera la horquilla en la cubierta con un sonoro repiqueteo.

—¡Maldita sea! —protestó Sapo—. Eso son malas artes.

—¡Arrrr! —gruñó el malandrín—. Ya te tengo. De rodillas, y suplica compasión. Algo que puede que te conceda, o puede que no, porque puede que me apetezca o puede que no. Todo depende.

Muy digno, Sapo respondió:

—El almirante Sapo no pide compasión, y menos a alguien como tú.

---

21. Sí, lo siento. Yo también estoy harta, pero es que los términos de esgrima siempre son en francés. Es la costumbre.

Eres un verdadero parásito de los mares. No eres mejor que un…, un…
—Y aquí tuvo que pensar un rato para dar con el insulto más degradante
posible—. ¡No eres más que una… lombriz!

Todos los marinos y piratas presentes, hasta el momento enfrascados
en un combate desesperado mano a mano, soltaron un grito ahogado y se
quedaron paralizados. Los mosquetes callaron. El viento cesó. El silencio repentino ejercía una presión insoportable sobre los oídos de Sapo.
Miró, intranquilo, al corro de rostros atónitos. Observó al malandrín
y vio una lágrima brillando en su ojo sano.

Sapo, avergonzado, murmuró:

—Lo siento mucho, compañero. No quería decir eso. Es algo que me
ha salido así, en el fragor de la batalla. No te lo tomes así, en realidad no
eres una lombriz. ¡Qué va! Eres el mejor…, quiero decir, el «peor»
enemigo que podría encontrar en los siete mares.

—¿De verdad? —respondió el malandrín, sorbiéndose la nariz.

—Claro que sí. Lo dice todo el mundo —respondió Sapo, conciliador.

—¿Eso dicen?

—Claro que sí. Todo el mundo está de acuerdo en que eres el peor
bandido, el más odioso que ha enarbolado nunca la bandera pirata.
Venga, anímate…, buen chico —dijo Sapo, y recogió su horquilla—.
Venga, sigamos.

Los dos se saludaron formalmente, como mandaba el protocolo, y

siguieron con su combate de esgrima, lanzando ataques, bloqueándolos, saltando y empujando, y el poderoso Sapo consiguió hacer retroceder al temible bucanero hasta la puerta de su camarote, donde, curiosamente, no dejaba de oírse a alguien llamando a la puerta.

—¿Qué es eso? —gritó Sapo—. ¿Qué es ese ruido?

Era alguien llamando a la puerta del gran salón, y el malandrín, al igual que su loro, el *Batracius* y el resto de la flota inglesa desaparecieron en un abrir y cerrar de ojos.

—¡Vaya! —gruñó Sapo—. Justo cuando estaba a punto de ensartarlo.

Abrió la puerta y apareció un personaje diminuto, un minúsculo sapo con gruesas gafas, uniforme escolar y gorra.

—Hola, tío Sapo —dijo la criatura, mirándolo a través de las gafas.

Sapo le dio la mano a su sobrino y respondió:

—¿Qué haces tú aquí?

—Me ha enviado mamá. ¿No recibiste su carta?

—He estado demasiado ocupado con cosas importantes como para mirar el correo de la mañana. Pasa, pasa —dijo. Luego vio el montón de baúles apilados tras su sobrino y añadió—: Qué montón de equipaje, Humphrey. ¿Cuánto tiempo te quedas?

—Mamá se ha ido a Italia —respondió Humphrey—. Voy a pasar el verano contigo.

—¿Se ha ido a Italia? ¿Y te quedas todo el verano? Oh, bueno, estupendo. Siempre es un placer tenerte en casa. Pero ven, entra. De hecho, ahora mismo estaba haciendo picadillo[22] a un malandrín pirata. También hay un loro malandrín. Puedes luchar conmigo en la batalla.

—Ya no juego a piratas, tío Sapo —dijo Humphrey—. Me he hecho demasiado mayor para eso.

---

22. Picadillo: carne picada, como la de una hamburguesa.

—¿Demasiado mayor? —exclamó Sapo, desconcertado—. No seas tonto, chico. Nunca se es demasiado mayor para los piratas.

—Ahora me dedico a inventar cosas.

—Inventas cosas, ¿eh? ¿Qué tipo de cosas?

—De todo —respondió Humphrey—. Esos baúles están llenos de cosas en las que estoy trabajando. No podía dejarlas en casa. —Echó un vistazo alrededor y le indicó a Sapo que se agachara para contarle un secreto al oído—. No se lo digas a mamá —susurró—, pero estoy preparando unos fuegos de artificio especiales para el cumpleaños de la reina.

—Eso está muy bien —dijo Sapo, y le dio una palmadita en la cabeza.

—Mamá se enfada si fabrico fuegos artificioles.

—¿Por qué? —preguntó Sapo, sin pensar en ello—. Me parece una afición estupenda para un sobrino.

—Es por la pólvora.

—¿Hmm? ¿Qué has dicho? Me ha parecido oír «pólvora». Tengo que ir a que me revisen el oído.

—Sí —repitió Humphrey—. Pólvora.

—¿Tienes «pólvora»?

—Sí. Pero es algo terriblemente peligroso, ya sabes.

Sapo se quedó con la mirada perdida. Los ojos le brillaron.

—¡Vaya! —suspiró—. Pólvora.

CAPÍTULO 7

Sapo y los fuegos artificiales

(*¿Qué más se puede decir?*)

Sapo y Humphrey deshicieron el equipaje y montaron un laboratorio en la habitación. Sapo examinó cada vaso de precipitados y cada matraz con curiosidad, a medida que iban sacándolos de entre la paja.

—¡Vaya, vaya! ¿De modo que así es como haces los fuegos artificiales? ¿Con todos estos cacharros? ¡Qué interesante!

—Por favor, ten cuidado, tío —dijo Humphrey, sacando por fin una caja de metal perfectamente hermética pintada con grandes letras rojas: CUIDADO. PRECAUCIÓN. PÓLVORA. EXPLOSIVO. MANTENER LEJOS DEL

CALOR Y DEL FUEGO. NO LO MANIPULES SI NO SABES LO QUE HACES. Y ESO VA POR TI (SÍ, POR TI).

—¿Es eso? —susurró Sapo— ¿Es esta cosa?

—Sí —confirmó Humphrey—. Es esta cosa.

Sapo respondió fingiendo desinterés:

—¿Es lo mismo que se usa para hacer…, bueno, no sé, por ejemplo…, un mortero? ¿O un cañón?

—Lo mismo. Pero, tío, me tienes que prometer solemnemente que no te acercarás a menos que yo esté aquí.

—¿Mmm? —respondió Sapo, como si estuviera en trance, incapaz de apartar la vista de aquella caja, que lo tenía hipnotizado.

—Lo prometes, ¿verdad? —insistió Humphrey, mirando a su tío con preocupación, y le tiró de la manga para despertarlo de su ensoñación.

—¿Qué? —dijo Sapo, volviendo en sí—. Oh, sí. Claro —Se puso la mano sobre el corazón y añadió—: La palabra de Sapo es inquebrantable. Un valor seguro. Podrías llevarte al banco. ¿Acaso no soy el más «responsable» de todos los animales?

—Mmm, bueno… —respondió Humphrey, sin duda recordando episodios anteriores que no habían acabado nada bien.

—¿Acaso no soy el más «fiable» de todos los animales? —insistió su tío, enfurruñado.

—Bueno…

Sapo parecía dolido.

—Humphrey, chico, me hieres en el alma. Admito que quizás haya habido una o dos ocasiones en un pasado lejano en que me he dejado llevar mínimamente por el entusiasmo, y quizá no siempre he respondido como debiera, pero esos días quedan muy lejos. Tienes ante ti un Sapo renacido. Un Sapo prudente. Un Sapo digno de confianza. Ahora enséñame cómo se hacen los fuegos artificiales, venga.

No muy convencido, Humphrey le fue explicando la técnica a su tío, iniciándolo en el delicado arte de la pirotecnia. Naturalmente, tomaron todas las precauciones debidas, porque no se puede manipular una cosa tan peligrosa sin equiparse con las medidas de seguridad necesarias…[23] Y como está absolutamente prohibido tener llamas cerca de la pólvora, tuvieron que trabajar sin contar con faroles o velas, aprovechando solo la luz que entraba por la elegante ventana de estilo Tudor.

Por fin, cuando tuvieron lo que Humphrey consideró una buena provisión de petardos, ruedas y bengalas, bajaron a tomar el té a la terraza. Entonces llegó el momento de hablar con el mayordomo para comprobar que todo estuviera listo para la celebración de la noche.

—Lo encuentro todo en orden —declaró Sapo—, así que creo que me voy a mi habitación a tumbarme un rato. —Se estiró en un gesto teatral y

---

23. Siento informaros de que algunas autoridades han mostrado su desacuerdo con que divulgue este tipo de cosas, y me han prohibido que siga…

se tapó un bostezo fingido—. Dios santo, estoy bastante fatigado. Creo que me irá bien una siestecita. Siempre conviene estar fresco cuando llegan los invitados. —Soltó una risita nerviosa y prosiguió—. Sí, eso es. Ji, ji. Humphrey, ¿quieres ir al embarcadero a divertirte? ¿O quizá preferirías que les preguntáramos a las ardillas del lugar si te quieren acompañar en un partido de tenis? Eso sería divertido, ¿no? Ji, ji.

Humphrey miró a su tío, extrañado, pero este se limitó a parpadear y fijar la mirada en el techo con expresión inocente. En aquel mismo momento, el mayordomo anunció la llegada de Topo, Ratita y Nutria.

—¡Ah! —dijo Sapo—. Justo los tipos que esperaba ver. ¿Os acordáis de mi sobrino, Humphrey? Es un apasionado del tenis sobre hierba, pero no encuentra a nadie con quien jugar. ¿No es así, Humphrey?

—Pero si yo… —se defendió su sobrino.

—Claro que sí. Le encanta.

—Pero yo nunca…

—No se hable más, venga, chicos —decidió Sapo—. El jardinero os dará las raquetas.

Sapo, prácticamente, los empujó, sacándolos de allí. Después subió corriendo las escaleras, soltando una risita nerviosa y mirando alrededor para asegurarse de que nadie le seguía. Se encerró en la habitación de Humphrey y cerró la puerta tras de sí. Allí, perfectamente dispuestos en la penumbra, tal como los habían dejado, estaban todos los elementos

necesarios para fabricar una impresionante variedad de artículos pirotécnicos: la mecha, los tubos de papel, la lata de pólvora...

Ya había ayudado a Humphrey a hacer docenas de petardos. ¿Qué
dificultad podía tener aquello? Qué tontería. Hasta un tonto podría
hacerlo. Solo se cogía un poco de esto, se añadía un pellizco de aquello
y... *voilà*! ¡Ya tenías tu propio cohete!

Pero primero necesitaba más luz. Por la ventana, con una columna
en medio, apenas entraba la luz del atardecer, y la habitación estaba en
una inquietante penumbra. Había tan poca luz que probablemente
hasta sería más peligroso intentar trabajar sin encender alguna lámpara. Sapo recordó la advertencia que Humphrey había intentando
meterle en la cabeza apenas media hora antes.

«Un chico prudente —pensó Sapo—, un chico con sentido común.
Siempre pensando en su tío. Pero —prosiguió—, si pensamos en el
carácter del chico..., bueno, en realidad es un tiquismiquis. Siempre
dando la lata con la seguridad. Da la impresión de que no confíe en mí.
¡En mí! ¡En su propio tío! Eso es un descaro. Las medidas de seguridad
están muy bien, por supuesto, pero no veo cómo podría hacer ningún
daño una "pequeña" velita. Y podría trabajar mucho más rápido si
"viera" los explosivos que tengo alrededor.»

Sapo rebuscó por la habitación una vela o una lámpara, pero
Humphrey, en un arranque de precaución, se había deshecho de todas.

—Nada de velas —dijo Sapo—. Ya me advirtió de eso. Pero sin duda una cerilla, con su minúscula llama, no haría ningún daño. Veamos. —Se palpó la casaca—. ¿Tengo alguna cerilla? —Rebuscó por todos sus bolsillos y encontró no solo una caja de cerillas, sino también su pitillera de plata—. ¿No es evidente —rumió— que los pirotécnicos necesitan tener mano firme? Sin duda el efecto calmante de unas caladas solo «potenciaría» el nivel de seguridad general. ¿O no?[24] Por otra parte, Humphrey dice que hay veces en que uno debe sacrificar la comodidad personal por la seguridad. Supongo que tiene razón, lo que significa que solo debería fumarme «un» cigarrillo, para aplacar los nervios mientras trabajo con explosivos. Al fin y al cabo, soy un sapo muy cauto.

Sacó un cigarrillo y una cerilla de madera, orgulloso de su fuerza de voluntad. Cerró la cajita.

—La seguridad y la meticulosidad son virtudes innatas en mí. Prácticamente podrían ser mi segundo nombre. —Se sonrió—. Bueno, o mis dos segundos nombres, para ser más exactos.

Rascó la cerilla que de inmediato se rompió en astillas.

—¡Vaya! —exclamó.

Sacó otra. La rascó y de nuevo se apagó enseguida.

—¡Qué mala suerte! Qué cerillas más malas. Tendré que hablar con el

---

24. Fumar es un vicio asqueroso en el que no hay que caer bajo ninguna circunstancia.

mayordomo. Un sapo de primera merece unas cerillas de primera. En fin —dijo, mientras rascaba una más—. A la tercera va la vencida...

En la pista de tenis, Topo estaba a punto de lanzar su segundo servicio cuando de pronto se oyó una atronadora explosión, un tremendo ruido de cristales rotos, una efervescente erupción de luces de todos los colores del arcoíris. Los animales se giraron todos a la vez y vieron la inconfundible silueta de Sapo, viajando por el espacio encima de sus cabezas, cada vez más alto, como impulsado por una raqueta de tenis celestial, al tiempo que lanzaba un alarido aterrador pero cada vez más leve, a medida que se elevaba por el cielo.[25] Y entonces..., y entonces... Pues sí, llegamos —como no podía ser de otro modo— al inevitable «y entonces». Tras alcanzar el cénit de una parábola impresionante, Sapo se vio obligado a ceder a la más implacable de las leyes físicas, la ley de la gravedad, que de pronto le obligó a cambiar su asombrosa trayectoria ascendente por otra descendente, igual de impresionante. Inició su regreso al suelo revolviéndose sobre sí mismo en una fascinante exhibición gimnástica, sin dejar de emitir un tremendo alarido, que ahora crecía a medida que se acercaba a los que le observaban desde la cancha de tenis.[25bis] A punto estuvo de dar contra el reloj de sol, con el trauma que habría supuesto aterrizar allí, tanto para el reloj como para Sapo, y cayó sobre el relativamente mullido parterre de arbustos, que,

---

25. EEEEEEEEEEEEEEEEEEYYYYYYYYYYYYYYYOOOOOOOOOOOOOOOOOOOOOOOOOOOOOOOwwwwwwwwww

25bis. ᴇᴇᴇᴇᴇᴇᴇᴇᴇᴇᴇᴇᴇᴇᴇᴇᴇᴇYYYYYYYYYYYYYYYOOOOOOOOOOOOOOOOOOOOOOOOOOOOOUUUUUUUUUUUUUUU

por un golpe de suerte, el jardinero había cubierto con mantillo el día anterior. Sus amigos, que habían contemplado el espectáculo boquiabiertos, se sacudieron la impresión de encima y corrieron en su ayuda, alarmados, temiéndose lo peor. Para su sorpresa, Sapo se irguió y miró a su alrededor, algo chamuscado y humeante. Ratita y Topo le sacudieron las brasas que aún tenía pegadas a las socarradas solapas. Un desagradable olor a quemado flotaba en el aire.

—¡Oh, tío Sapo! —gritó Humphrey—. ¡Has volado por los aires!

Sapo se quedó mirando a su sobrino y a sus amigos. Tras ellos, los criados corrían asustados, carreteando cubos de agua para apagar el fuego que estaba consumiendo los preciosos tapices.

—¡Dios mío, menudo viaje! —dijo Sapo—. Debo de haber alcanzado la velocidad límite enseguida. ¡Menuda experiencia balística!

—Tío —intervino Humphrey, asombrado—, ¿estás bien?

—Nunca he estado mejor —respondió Sapo con alegría—. Aunque, ahora que lo dices, tengo un ligero dolor de cabeza. Debo de haberme golpeado. Humphrey, chico, me avisaste. Me advertiste muy seriamente de que no provocara una deflagración, aunque el resultado ha sido algo más que una simple onda expansiva, más bien una combustión explosiva. ¿Y yo te he hecho caso? ¡En absoluto! ¡Pero menudo lío me estoy haciendo! En fin… ¿Entramos a cenar?

Y se puso en marcha tranquilamente, dejando a los demás aún

perplejos, con los ojos desorbitados. La cena se retrasó un poco, hasta que los criados se aseguraron de haber extinguido hasta la última brasa. Cuando el camarero entró por fin con la comida, desaliñado y cubierto de hollín, tenía la boca apretada en una mueca, como si hubiera estado chupando limones.

Sapo no hizo ni caso. Parecía estar absorto en sus pensamientos. Durante la sopa, sin que viniera a cuento, dijo:

—En cualquier triángulo rectángulo que tenga por aristas las de tres cuadrados que lo rodeen, la superficie del cuadrado cuyo lado sea la hipotenusa es igual a la suma de las superficies de los cuadrados situados sobre las otras dos aristas del triángulo. ¿Sabías eso, Humphrey?

Su sobrino y los demás se lo quedaron mirando, atónitos, mientras él iba dando sorbitos a su sopa de sucedáneo de tortuga.

—Perdona, tío Sapo —balbució Humphrey—. ¿Qué has dicho?

—Oh, una pequeña cita de nuestro amigo Pitágoras, el Padre de los Números.[26]

Rata, Topo y Nutria se miraron unos a otros, atónitos.

Durante el plato de pescado, Sapo declaró:

—Los números primos más pequeños son, como seguro que ya sabéis: dos, tres, cinco, siete y once. No se puede determinar cuál es el

26. Pitágoras fue un caballero que vivió en la antigua Grecia, mucho antes de que tú nacieras. Era matemático y se le ocurrieron muchas ideas originales sobre números.

número primo más grande, según Euclides.[27] Yo diría que este pescado está especialmente rico. Humphrey, toma otro trozo. ¡Es alimento para el cerebro! Y —añadió, condescendiente— aunque es algo que no me gusta decir de ninguno de mis familiares, me da la impresión de que eres algo lento para tu edad. Así que come… Muy bien, buen chico.

Durante el plato de carne, Sapo dijo:

—Arquímedes tenía razón, como estoy seguro de que sabréis ya. El peso total del agua desplazada en una bañera equivale al peso de cualquier objeto que flote en ella.[28] ¡Qué maravilloso rosbif! Desde luego, hoy la cocinera se ha superado.

Durante el pudin, Sapo soltó:

—Un objeto en caída libre acelera a un ritmo de diez metros por segundo al cuadrado.

Para cuando pasó el momento del oporto, Humphrey ya había recuperado el habla:

—Tío Sapo, me temo que has sufrido algún tipo de lesión —dijo, estudiando a su tío con asombro.

---

27. Euclides fue otro señor que vivió en la antigua Grecia, y también era matemático. Uno acaba por preguntarse si los griegos no tenían nada mejor que hacer con su tiempo que sentarse a idear conceptos matemáticos que siguen trayendo de cabeza a los jóvenes escolares hoy en día.

28. Más de lo mismo. Un día que le tocaba baño, Arquímedes metió la cabeza en la bañera y observó que el nivel del agua subía. Se dice que gritó «¡Eureka!», que significaba «Ya lo tengo!» en griego antiguo. Salió de la bañera de un salto y fue corriendo por las calles para contárselo a la gente. La historia no dice si se tomó un momento para ponerse el albornoz antes de hacerlo.

—Tonterías, hijo —contestó Sapo—. No me he sentido mejor en mi vida. ¿A alguien le gustaría acompañarme a la biblioteca para departir sobre el último teorema de Fermat? Eso siempre es de lo más divertido. ¿O quizás una partida de ajedrez en tres dimensiones? ¿Quién se anima?

—Sapo —intervino Topo—, ¿estás completamente seguro de que te encuentras bien?

—Yo creo que se le ha ido la cabeza —comentó Ratita, preocupado.

—¡Eureka!²⁹ ¡Es posible que haya perdido la cabeza, pero ha encontrado una mucho mucho mejor! —anunció él.

Los otros animales se lo quedaron mirando, estupefactos.

—Creo, tío Sapo —prosiguió Humphrey—, que estás sufriendo el síndrome de Poffenbarger, una rara afección en la que se te activa la mente gracias a un golpe en la cabeza. ¡Sí, debe de ser eso! Tienes una gran capacidad intelectual de aparición repentina inducida por un trauma. ¡Cielo santo! —Humphrey se giró, emocionado, hacia los demás—. He leído algo sobre el tema. Solo hay tres casos comprobados en la literatura médica. ¡Tío Sapo, esto es impresionante! ¿Te importa que escriba un artículo sobre ti? Podría enviarlo a la *Revista de la Real Sociedad de Medicina*. ¡Oh, va a ser el mejor verano de mi vida!

---

29. Parece que es la palabra de moda.

CAPÍTULO 8

Sapo, el genio

*En el que la enorme capacidad mental de Sapo
resolverá un gran misterio del universo.*

Sapo rescató una gran pizarra sobre un soporte con ruedas que
tenía en el cuarto de los niños y la arrastró hasta la biblioteca,
donde pasaba el rato planteándose los «grandes interrogantes de la
vida» (como los llamaba Humphrey).

Una mañana, aún con el pijama puesto, Sapo resolvió el espinoso
dilema sobre el huevo y la gallina, que había tenido confundidos a los
pensadores durante siglos. A la hora del almuerzo, calculó sin margen de
error el número de ángeles que podrían bailar sobre la cabeza de un
alfiler. Durante el té de la tarde, demostró cuál es el sonido que hace una

palmada dada con una sola mano.[30] La mañana siguiente memorizó las obras completas de Shakespeare. Esa tarde recitó todo *Hamlet* de memoria ante un público entregado, compuesto por sus amigos, interpretando todos los papeles, incluso el de la pobre y enloquecida Ofelia, conmoviendo a Topo hasta hacerle llorar con su interpretación de la desdichada flotando río abajo como una nutria boca arriba, recitando sus lamentos mientras el agua le empapaba la falda brocada y la arrastraba hacia una muerte entre el fango. Esa noche, ideó una defensa infranqueable contra el ataque Vronsky en el ajedrez, que hasta el momento se consideraba insuperable. Y poco antes de irse a la cama dedicó un rato al relajante ejercicio de memorizar setecientos decimales del número pi.

Daba la impresión de que no había ninguna disciplina intelectual en la que no destacara. Humphrey intentó medir su coeficiente intelectual, pero ninguno de los test que le hizo llegaba a niveles tan altos. Lo más que se pudo aproximar al valor fue estableciendo que era «realmente enorme».

—¿Es que no hay nada que no pueda hacer? —cavilaba Topo, mientras Rata y él volvían a casa, agotados, tras otra larga velada de interminables conferencias sobre oscuras teorías, paradigmas y conjeturas que salían en cascada del enfebrecido cerebro de Sapo.

---

30. Todo esto son ejemplos de los grandes interrogantes. Puede que te preguntes por qué iba a preocuparse alguien por cosas así. Y esa también es una pregunta excelente.

—Parece que no —bostezó Rata—. No hay duda de que por fin ha adquirido algo de inteligencia, aunque quizá demasiada, diría yo. Personalmente, me estoy cansando de sentirme tonto de remate en su compañía. ¿Qué ha sido de nuestro amigo cabeza hueca? Sapito, el más simple de los simplones. Le echo de menos.

—Le he preguntado a Humphrey sobre el tema en un momento de distracción —confesó Topo—, pero no está seguro de si eso que tiene, ese síndrome de Puffinbinguin, o lo que sea, es permanente o no. La primera…, esto…, víctima se cansó tanto de que le agobiaran con el tema que huyó y se fue a vivir como un ermitaño en los Cárpatos. Humphrey no sabe qué les pasó a los demás.

—Probablemente sus amigos los echarían de la ciudad, hartos de que los volvieran locos —dijo Rata—. ¡Es que hasta sus versos son mejores que los míos, aunque me cueste admitirlo! ¡Y ni siquiera se esfuerza! Es demasiado.

Topo sintió que tenía que tranquilizar a su amigo sobre aquello, ya que tenía mucho aprecio a las poesías de Rata. Pero lo cierto era que incluso Topo (que era un poco duro de oído para la poesía) notaba que, desde que el tal Poffenbarger había aparecido en su vida, los poemas de Sapo eran de mucha más calidad que los de Rata. No obstante, Topo, que era un tipo sensato y amable, no se atrevió a hacer ningún comentario.

La noticia del prodigioso poder mental de Sapo se extendió por el territorio. Llegaron cartas de invitación de grandes universidades, que solicitaban que el gran señor Sapo les concediera una visita. Cambridge, Oxford, Yale… El clamor que despertaba el erudito batracio iba en aumento. Llegaban montones de cartas cada día, cosa que ponía al ratón cartero de un creciente malhumor.

ᜒᜒ

Poco después del amanecer, mientras Humphrey aún se frotaba los ojos, quitándose el sueño de encima, a través de la ventana vio a su tío de pie en el jardín del este, sosteniendo en las manos lo que parecía ser un cronómetro y una bandeja de galletas de chocolate, y hablando muy animadamente con un pequeño roedor, una marmota americana. Humphrey observó que se encontraban junto a un espeso robledal. Luego la marmota, a la que Sapo había contratado como ayudante de laboratorio para aquel día, empezó a hincar los dientes en la dura corteza del roble más próximo, royendo a toda velocidad el enorme árbol, mientras Sapo la cronometraba. El artículo resultante, publicado más tarde en *Procedimientos de la Real Sociedad de Intensa Cavilación Psicológica y Meditación Exhaustiva*, iba a ser un éxito. Humphrey, con los ojos abiertos como platos de admiración, leyó las páginas del borrador durante el desayuno. Mientras Sapo las garabateaba se las iba pasando por la larga mesa:

¿CUÁNTOS ROBLES ROERÍA UN ROEDOR SI LOS ROEDORES ROYESEN ROBLES?
DATOS FEHACIENTES, POR FIN.
Por el señor Sapo

Desde el origen de los tiempos, los más grandes pensadores del mundo se han enfrentado al dilema de la roedura de los robles por parte de los roedores (en adelante, RRR). Pretendo encontrar solución al tema de una vez por todas. Es decir: ¿pueden los roedores roer robles realmente? Y de ser así, ¿cuántos? El problema requiere la intervención de un científico con un profundo conocimiento de silvicultura, anatomía y zoología. Miembros de la Real Sociedad, me presento ante ustedes como tal.

Empecemos por dejar una cosa clara: no toda la madera es susceptible de ser roída. Un gran roedor, como la marmota (*Marmota monax*) pesa aproximadamente cuatro kilogramos y tiene veintidós dientes, aunque solo cuatro de ellos son incisivos. Los incisivos son fuertes, largos y están cortados en bisel, pero no puede esperarse que los dientes de un animal de esa talla puedan atacar un tronco de roble medio, que puede tener un diámetro de medio metro y cuya madera es de una gran dureza. Por otra parte, pese a que hay roedores de complexión fuerte, como nuestra marmota, tienen unos brazos relativamente cortos en comparación con el torso, lo que dificultaría la labor de asir e inmovilizar el tronco en cuestión. Quizá sea por eso por lo que el RRR acaba diciendo: «... si los roedores royesen robles».

Por tanto, el primer problema consiste en convertir un tronco típico en segmentos más cortos, para obtener fragmentos a los que nuestro sujeto de estudio pueda hincar el diente. Una vez conseguido, el siguiente obstáculo parece ser, sorprendentemente, la motivación psicológica. Si se le pide al roedor, sin más, que roya la superficie de un roble, aunque sea de forma educada, probablemente lo único que se obtenga sea una respuesta burlona ante una petición tan inusitada. No obstante, si se le ofrecen al ávido comilón todas las galletas de chocolate que desee a cambio, se obtendrá un resultado sustancialmente diverso.

Los detalles de este estudio son mucho más que complejos y de una tremenda tecnicidad. De ahí que, para evitar abrumar las mentes de millones de inocentes lectores, proceda directamente a detallar los resultados. . . .[31]

~∞~

---

31. Desgraciadamente, las leyes de copyright no nos permiten la publicación de todo el estudio. Los lectores con un intelecto superior y con suficiente curiosidad tendrán que ir a buscarlo a su biblioteca.

Dos semanas más tarde, Sapo anunció por sorpresa en el desayuno:

—Bueno, está decidido —dijo, mientras comía unos arenques—.[32] Tras la publicación de mi demoledor artículo sobre los roedores, la Universidad de Cambridge me ha ofrecido la cátedra Lumbálgica de Conocimientos Extremadamente Abstrusos, un puesto que tiene quinientos años de tradición. Voy a ser el profesor Sapo, ¡académico lumbálgico del Trinity College! Cuando pienso en el papel que desempeñaron los grandes hombres que ocuparon esa cátedra, en tiempos ancestrales, creando una poderosa cadena de intelectos desbocados..., y cuando me doy cuenta de que yo, Sapo, he sido llamado para situarme a hombros de esos colosos, para compartir su legado o incluso trascender más allá (puesto que soy un sapo sin par)... Me sobrecoge solo pensarlo.

Se llevó una pata a los ojos y le dijo a Humphrey:

—Les he pedido a Topo y a Rata que te echen un ojo mientras yo no estoy. Y, por supuesto, están el mayordomo y la cocinera. Y tienes tus experimentos para entretenerte. Pero ante todo esta tarde viene el sastre para hacerme el vestuario. Un académico lumbálgico debe contar con toda la parafernalia de su puesto: un birrete,[33] una estola de armiño y

---

32. En Inglaterra el desayuno a menudo incluye arenque ahumado y muy salado. *¡Blecs!*

33. Un birrete es uno de esos gorros planos y cuadrados que se ven en las ceremonias de graduación. En aquella época, en Cambridge, profesores y estudiantes llevaban togas y birretes diariamente sobre sus ropas de calle.

una toga negra forrada de seda púrpura. Un atuendo que impresione, por así decirlo. Propio de un intelectual de mi categoría.

A ese día le siguió una semana de intensa actividad, haciendo maletas y baúles. Rata convenció a su amigo de que tomara el tren, recordándole los problemas que había tenido cada vez que se había acercado a un automóvil. Sapo —el nuevo Sapo, más «sensato»— estuvo de acuerdo.

Llegó el gran día. Los amigos se reunieron en la estación, bajo un cielo sin nubes, para decir adiós al señor Sapo —ahora profesor Sapo—, que iba vestido con su nueva toga y que llevaba su birrete algo ladeado sobre la cabeza. Un nuevo par de gafas de carey aumentaban esa imagen de intelectual.

Llevó un tiempo poner en su sitio la montaña de equipaje, comprobar los billetes y las etiquetas de las maletas, todos esos detalles molestos que tiene que cuidar el viajero mientras espera su tren. Sapo repartió unos chelines entre los jovencitos que había y les puso media corona en la mano a cada uno de los porteadores. Un grupito de jóvenes armiños (que aparentemente no tenían nada mejor que hacer y estaban por allí, apoyados contra la pared de la estación, tal como suelen hacer muchos adolescentes hoy en día) observaban la escena, haciendo bromas de mal gusto cuando pensaban que nadie los miraba y comentarios mordaces cuando pensaban que nadie los oía.

Uno de ellos tuvo la audacia de murmurar:

—¿Dónde está tu gran globo ahora, señor Sapo?

—¡Sí, eso! —apostilló otro, animado por el comentario de su colega.

Por fortuna, Sapo no oyó aquellos comentarios. Pero Topo, con su finísimo oído, los oyó perfectamente: arrugó el hocico y los amenazó con un correctivo, y los gañanes salieron corriendo de allí.

Llegó el momento de que el profesor Sapo se despidiera y subiera al tren. Se dieron la mano solemnemente y unas palmaditas en los hombros. A más de uno le tembló el labio durante los sinceros intercambios de buenos deseos para el viaje y de buena suerte, y la promesa de escribir cada semana.

Sapo subió a bordo y se asomó por la ventanilla de su compartimento.

—Mis queridos amigos —dijo—, mis «queridísimos» amigos. Os echaré a todos muchísimo de menos, pero una elevada misión me llama, por no hablar de la fama y la gloria. ¡Voy a mi cita con el destino! Humphrey, sé buen chico y obedece a los mayores.

El jefe de estación agitó la bandera; la locomotora siseó, gruñó y resopló. Su silbato soltó un agudo alarido y el tren se puso en marcha lentamente.

Rata, Topo y Humphrey se quedaron de pie en el andén, agitando los pañuelos y gritando adiós hasta que Sapo desapareció tras la curva. Luego dieron media vuelta y se dirigieron a casa, todos con aquella vaga sensación de vacío que uno siente inevitablemente cuando despide a un amigo que parte en un viaje en busca de nuevos horizontes y aventuras, dejando un mundo pequeño y conocido tras él.

—El bueno de Sapito —dijo Topo, con nostalgia—. La Orilla del Río no será lo mismo sin él. Es cierto que a veces ha sido un sapo pesado, pero, al fin y al cabo, era nuestro Sapo. Ahora molestará a otros. En fin…

—Echaré de menos al tío Sapo —apuntó Humphrey—. Quién lo diría, un miembro de mi familia con el síndrome de Poffenbarger. Es tan emocionante que resulta imposible de explicar.

Entonces vieron a Tejón apoyado contra la parte trasera de la caseta de la estación, fumando una pipa en la sombra. Seguramente había estado allí todo el tiempo.

—Hola, Tejón —le saludó Rata, algo sorprendido—. Sapo se acaba de ir a Cambridge. ¿Lo has visto?

Tejón asintió gravemente y dio una calada a su pipa.

—Tal vez sea el genio más tonto que ha existido nunca. Y aunque es un error para cualquier morador de la Orilla del Río salir al ancho mundo, quizá Cambridge sea el lugar ideal para Sapo. Por lo que he oído, debe de ser el único lugar de Inglaterra donde la gente es tan engreída como él. Bueno, aunque también está Oxford, claro.

—¿Alguna vez habéis pensado que llegaríamos a ver algo tan raro? —planteó Rata—. Yo habría apostado el pellejo de mi abuela a que no —añadió, y se quedó pensando—. Cinco a uno.

CAPÍTULO 9

La pequeña y desaliñada comadreja

En el que Humphrey hará un nuevo amigo. (Y eso siempre es bueno.)

L
a vigilancia de Humphrey por los adultos de vez en cuando se volvía bastante laxa, con su madre en Italia, su tío en Cambridge y sus guardianes temporales paseando por el río. En defensa de Topo y Rata hay que decir que lo visitaban a diario, y le invitaban a tomar el té, o jugaban con él animadas partidas de cróquet, críquet o bolos. El mayordomo, el ama de llaves y la cocinera, por supuesto, estaban pendientes de él, pero no podían descuidar sus labores. Así que había muchas horas al día en que Humphrey estaba solo, lo que no le importaba lo más mínimo, puesto que era un niño dado a la lectura, y a los

niños que se encuentran a gusto en el mundo de los libros nunca les faltan la compañía, el entretenimiento ni las aventuras.

Durante un tiempo se entretuvo en reemplazar todo el equipo que había quedado pulverizado con la explosión. Disfrutó con las largas horas que pasaba examinando catálogos o pidiendo exóticos recipientes de laboratorio. También encargó productos químicos de seguridad cuestionable y algunas sustancias interesantes a las que quizás un sapo de su edad no debería tener acceso. No obstante, hay que decir en su favor que observaba estrictamente todos los protocolos de manipulación (a diferencia de «algunas otras» criaturas que podríamos mencionar).

Una tarde, Humphrey bajó a la cocina a pedirle un poco de levadura a la cocinera para uno de sus experimentos.[34] Cuando llegó, se encontró de pronto en medio de una escena violenta. El mayordomo, la cocinera y el ratón friegaplatos habían acorralado a una pequeña comadreja andrajosa que lloraba de un modo tan lastimero y tan profusamente que tenía todo el pelo del morro empapado.[35]

La cocinera, que era un gran erizo rechoncho, espetó:

---

34. La levadura química resulta enormemente útil para provocar que las cosas hagan espuma. Por ejemplo, es uno de los ingredientes esenciales para la construcción de una maqueta de volcán que entre en erupción. (Pero no lo hagas sin la supervisión de un adulto.)

35. Puede que recordéis a esta pequeña y desaliñada comadreja del primer libro. Tras la batalla de la Mansión del Sapo, se presentó voluntaria para entregar las invitaciones al banquete que se celebró a continuación, lo que la convierte en un animal decente…, para ser una comadreja, claro.

—La hemos pillado cogiendo manzanas del huerto, señor Humphrey, con las manos en la masa.[36] ¡Menudas ideas! —Se giró hacia el animalillo, encogido de miedo—. ¡Te voy a enseñar yo a saltarte la ley, ladronzuela de tres al cuarto! —Y, acto seguido, echó su rechoncha patita atrás y le propinó un buen tortazo al andrajoso animal en la oreja.

—Lo…, lo siento —suplicó la comadreja—. Mi mamá me mandó a *recogé* la fruta caída *pa* hacer una tarta manzana *pal* cumpleaños de mi hermano. No quería *haceles* ningún daño. *Ejque* es el cumpleaños de Jimmy, y no *tenemo* dinero *pa comprale* una tarta de cumpleaños, así que mi madre me envió a *buscá* manzanas caídas. Me dijo que no cogiera *na* de los árboles, y no lo he hecho. Solo he cogido las manzanas viejas, las del suelo. *Po favó*, señora, lo siento mucho —se disculpó, gimoteando.

—No eres más que una ladronzuela. ¡Menuda cara! —dijo la cocinera, que parecía tener un vocabulario bastante limitado para describir las acciones delictivas.

Le soltó otro mamporro a la asustada criatura. Humphrey, a quien nunca le había faltado una tarta de cumpleaños, se conmovió ante los ruegos de la pequeña ladrona, que al fin y al cabo era culpable, aunque fuera de la más trivial de las faltas.

—Cocinera —dijo Humphrey—, ¿usted usa las manzanas caídas ?

---

36. En realidad las manos las tendría en las manzanas, pero es un modo de hablar.

—¿Qué? —preguntó ella—. ¿Cómo dice, señor Humphrey?

—¿Utiliza las manzanas caídas para sus tartas?

—Por supuesto que no. Esas manzanas viejas y con gusanos no están a la altura de caballeros como ustedes. El mozo se las da a los caballos.

La comadreja, que en realidad era un ser diminuto y mal vestido, miró a Humphrey, sin abrir la boca.

—A lo mejor podríamos dejar que se llevara unas manzanas para la tarta de cumpleaños de su hermano —propuso Humphrey—. ¿No podríamos hacer eso?

—Son propiedad del profesor Sapo —protestó la cocinera—. Esa es la cuestión. ¡Menuda cara!

—Creo que en este caso podríamos pasar por alto una transgresión tan nimia, ¿no le parece? —dijo Humphrey—. Solo por esta vez.

—Bueno —contestó la cocinera—, yo no puedo. Jamás.

Humphrey cogió una cesta de la encimera y le dijo a la comadreja:

—Venga, vamos a buscar manzanas para tu hermano, ¿de acuerdo?

Abrió la puerta y salió al jardín de la cocina, con la comadreja pegada a sus talones, balbuciendo expresiones de disculpa y gratitud.

—Oh, señor Humphrey —dijo—, le estoy tan agradecida…

Humphrey miró a la comadreja, que, a pesar de su diminuta complexión, parecía tener más o menos su edad.

—Oye —intervino Humphrey—, dejemos eso de «señor». Llámame

Humphrey solo. ¿Tú cómo te llamas? —Y le ofreció la pata en señal de amistad.

—Sammy, señor.

—Nada de «señor».

—De…, de acuerdo, Humphrey.

Se dieron la pata y se dirigieron al huerto.

—Muy bien —dijo Humphrey. Examinó las manzanas del suelo, nada apetecibles, y decidió—: Creo que tu hermano se merece algo mejor que esto. Uno no celebra cada día su… ¿Cuántos años dices que cumple?

—Seis, Humphrey.

—Bueno, pues seis. Uno no celebra cada día su sexto cumpleaños. Es un cumpleaños muy importante. Vamos a coger unas cuantas que estén bien, de los árboles. ¿De acuerdo?

Entre los dos llenaron la cesta con las mejores frutas que encontraron en las ramas. Sammy se tambaleaba bajo el peso de la cesta, donde había suficientes manzanas para hacer varias tartas, expresándole su gratitud por encima del hombro mientras se alejaba tambaleándose.

Más tarde, al atardecer, la cesta apareció de nuevo junto a la puerta de la cocina. Contenía una tarta de manzana calentita cubierta con un trapo; la fruta desprendía un delicado aroma a canela, y la masa estaba dorada y crujiente. Hasta la cocinera tuvo que admitir que estaba a la altura del mejor pastelero.

Al día siguiente, Humphrey y Sammy pasaron una hora haciendo volar una cometa hecha de trozos de periódicos y de maderitas, pegadas con engrudo de harina y agua, la mitad del cual quedó adherido al pelo de Sammy,[37] de modo que Humphrey acabó encargándose de casi todo el pegado. Pero entonces, cuando llegó el momento de lanzar la cometa, Sammy (que era, con mucho, mejor corredora), hizo los honores y se lanzó por el campo de cróquet, arrastrando la cometa tras ella. Tras

---

37. No hay nada que moleste más a una comadreja que llevar el pelo pringado; les pone de los nervios.

varias carreras agotadoras, por fin el viento la levantó y se la llevó por los aires, como si se divirtiera con ello. La cometa agitó la cola y tensó la larga cuerda como si estuviera viva. Se turnaron en su manejo hasta que el viento decidió que ya se habíam divertido lo suficiente y se fueron a visitar a otros muchachos con sus cometas.

Para entonces era ya la hora del té, que tomaron en la terraza.

Sammy se quedó mirando las pastitas.[38] Humphrey se dio cuenta y dijo:

—Coge las que quieras, Sammy. No te reprimas. Hay muchas.

Comieron y bebieron hasta saciarse, o quizá más aún, y luego se recostaron en las sillas de mimbre, para observar las nubes de algodón que pasaban sobre sus cabezas.

Al cabo de un rato, Humphrey suspiró, encantado, y dijo:

—No hay nada mejor que jugar con una cometa. A menos que uno pudiera volar, claro. Es una pena lo del globo de mi tío. Tenía un gran globo amarillo, pero lo perdió antes de que yo pudiera probarlo. Apuesto a que podría volver a ponerlo a punto para volar. Eso, si aparece algún día.

—Pero si ya ha *aparecío* —le rebatió Sammy—. Yo lo he visto.

—¿Qué? —respondió Humphrey, dando un brinco—. ¿Lo has visto? ¿Y está bien? ¿No está destrozado?

---

38. Las pastitas de té son, en realidad, galletitas. De pasta no tienen nada.

—Tiene un *bujero* en la cesta —dijo Sammy—. Uno de los laterales está *chafao*. Y el globo tiene un montón de rajas que habrá que coser.

—¿Y por qué no lo traes y reclamas la recompensa? —propuso Humphrey—. ¡Es nada menos que una libra!

—Lo he *intentao* —admitió Sammy—, pero no pude levantarlo. Pesa *demasiao pa* que pueda arrastrarlo.

Humphrey reflexionó un momento y, cada vez más animado, dijo:

—A lo mejor, si le pidiera prestada una carretilla al jardinero, podríamos traerlo entre los dos y repartirnos la recompensa. ¿Qué te parece, Sammy? ¿Te parecería bien?

—¡Oooh, sí! ¡Me parecería genial, Humphrey!

Y aunque Humphrey no era por naturaleza un sapito codicioso, los ojos se le iluminaron al pensar en todo el fascinante equipo científico que podría comprarse con una libra. Y también pensaba en las felicitaciones que recibiría tras recuperar el carísimo globo, la aeronave de su tío, y la oportunidad que supondría para poner en práctica sus habilidades en el terreno de la ingeniería.

—Por cierto —dijo Humphrey—, ¿dónde está? ¿Está lejos?

La respuesta fue:

—Está en medio del Bosque Salvaje.

CAPÍTULO 10

Sapo en su elemento

*La vida en Cambridge, donde el profesor Sapo se enfrentará
al mayor de los «grandes interrogantes de la vida».*

Mientras tanto, el profesor Sapo estaba causando sensación en Cambridge. Cenaba cada noche en el comedor de los académicos, con ancianos decanos, apolillados rectores y almidonados y distinguidos intelectuales de todo tipo. Allá donde iba, los estudiantes le señalaban y emitían susurros de admiración: «El profesor Sapo puede oír cualquier composición musical una vez y reproducirla perfectamente al piano. […] El profesor Sapo completa el crucigrama del *Sunday Times* sin errores en menos de tres minutos. Escribiendo con pluma. […] ¡No! ¿Con pluma? ¡Cielo santo! […] El profesor Sapo conoce todo el repertorio de Gilbert and Sullivan de memoria y canta cualquiera de los papeles en el baño para entretenerse. [...] ¿Es que no hay límite para sus logros? ¡Qué intelecto colosal! ¡Qué magnífico cerebro! (Aunque no sea el más atractivo de los hombres, claro. Suerte que tiene ese sublime talento, porque la verdad es que tiene un desafortunado parecido con..., bueno, un sapo. Muy desafortunado. Especialmente con ese nombre). ¡Pero tenemos una suerte increíble de tenerlo aquí!»

Esa noche, Sapo se estaba poniendo las botas junto al director del Trinity College, sentado bajo el retrato medieval de su fundador, Enrique VIII (que, por cierto, no guardaba ningún parecido con un sapo). Tras la cena, se dirigieron a la sala de los académicos veteranos y tomaron un café y un oporto de cincuenta años mientras Sapo le brindaba al director una presentación de su próximo artículo científico: «Mermelada hacia abajo: tratado sobre la física de la caída de la tostada».

—Siempre me ha fascinado —explicaba Sapo— el interrogante de las tostadas que caen con la mermelada hacia abajo y, gracias a mi cátedra, por fin cuento con los medios para dedicarme a tratar esta cuestión.

—Así que es cierto —susurró el director, con los ojos brillantes—. Había oído rumores, pero no creía que fuera usted a afrontar ese delicado problema. ¡Aplaudo su iniciativa! ¿Cómo lo planteará?

Sapo le dio una calada a su puro y exhaló el humo, satisfecho.

—Podría aplicarse un enfoque experimental, tirando mil tostadas untadas con mermelada desde una mesa, pero eso sería terriblemente tedioso. Por no decir un pringue, y un desperdicio de tostadas útiles. No, no, usaré el «pensamiento» para reducir variables y sacar una conclusión irrefutable, usando las «ecuaciones cuadráticas del pangolín salvaje». Como usted sabe, director, mi capacidad craneal es imponente y, una vez que haya resuelto este misterio sin importancia, tengo pensado afrontar otros asuntos. Hay que mantener activa la materia gris, ¿eh?

—Por Dios, profesor —suspiró el director, embelesado—. Es lo único que puedo hacer, para seguirle la pista.

—Es perfectamente comprensible —concedió Sapo. Miró a su alrededor, echando un vistazo a los académicos que dormitaban en los sillones y murmuró—: Aún no lo he anunciado, pero tengo pensado responder al más grande de los grandes interrogantes de la vida, el de «¿Por qué cruzó el pollo la carretera?».

—¡No! —respondió el director, admirado—. ¡El dilema del pollo que cruza la carretera! ¡Por Dios bendito! ¿Sabe cuántos grandes hombres han perdido la cabeza con ese problema? El año pasado perdimos al profesor Armentrout: el pobre hombre no ha sido el mismo desde entonces. Perdió la capacidad del habla. Le ruego que tenga muchísimo cuidado.

—Sí, sí —dijo Sapo, con un gesto desdeñoso del brazo—. Pero yo poseo el intelecto y el carácter decidido que requiere la situación, lo que me convierte en el candidato perfecto para resolver el problema.

—Profesor Sapo —añadió el director—, una mente como la suya aparece solo una vez cada cien años. Estamos honrados y orgullosos, señor, «orgullosos», de contar con usted en nuestro humilde cuerpo docente.

Se produjo un silencio. El profesor Sapo se había quedado de piedra, señal de que estaba perdido en la profundidad de sus pensamientos. El director se quedó allí sentado, inmóvil, casi sin atreverse a respirar. Estudió al gran hombre, más feo que una patata en el fondo de un cubo.

—Hmm —dijo Sapo—. Qué curioso que haya tantos grandes interrogantes de la vida en los que haya pollos implicados. Me pregunto por qué será. —Hizo una pausa y luego anunció—: ¡Vaya! Acabo de descubrir otro gran interrogante de la vida. Tendremos que añadirlo a la lista.

El director parecía estar enfrascado en una tremenda lucha interior. Por fin habló, con un tono humilde y comedido:

—Espero que me perdone, profesor, pero… ¿sería demasiado presuntuoso por mi parte pedirle que me dejara ver la lista? Es decir —se apresuró a añadir—, si no lo considera una invasión de su intimidad.

Sapo extrajo un cuaderno de cuero negro de entre los pliegues de su toga y se lo entregó al director en un gesto de magnanimidad. Este lo abrió con manos temblorosas y leyó:

GRANDES INTERROGANTES DE LA VIDA
A LOS QUE BUSCAR RESPUESTA ANTES DEL JUEVES:

1. ¿Por qué el cielo es azul, y no de un bonito marrón anaranjado, por ejemplo?

2. ¿Qué mató a los dinosaurios? ¿O se mataron ellos de aburrimiento?

3. ¿Y por qué llega siempre el desayuno antes que el almuerzo?

El director se sintió abrumado al leer el último punto y se pasó las manos por los ojos. El asunto era tan extremadamente abstruso (y aun así, un componente tan esencial del tejido de nuestro universo) que dudaba de que alguien se hubiera planteado siquiera la pregunta, y mucho menos que hubiera sido capaz de responderla.

—¡Oh, profesor Sapo! —exclamó, asustado—. Vaya con cuidado. ¡Esto es un terreno absolutamente inexplorado!

—No se preocupe, viejo amigo —dijo Sapo, condescendiente, puesto que su egolatría no conocía límites—. No existe un gran interrogante de la vida que pueda conmigo. Puedo enfrentarme a ellos y dominarlos con una pata atada a la espalda.

El director se rio, divertido como una hiena.

—Una pata. Eso sí que tiene gracia.

Un par de ancianos académicos que estaban aletargados junto a la chimenea se despertaron con las risas y soltaron un gruñido. Al darse cuenta de que sus gruñidos iban dirigidos al profesor Sapo y su interlocutor, sus protestas se convirtieron en débiles sonrisas serviles.

Sapo consultó su reloj de bolsillo y dijo:

—Ahora tengo que irme, o llegaré tarde al ensayo general. En mi grupo de teatro representamos *HMS Pinafore*. Estrenamos el sábado.

—¿Interpreta uno de los papeles principales, profesor?

—No, no. Solo canto en el coro —respondió Sapo, quitándose las gafas y limpiándolas con el extremo de su corbata.

El director se estremeció, puesto que el parecido de aquel hombre con un sapo se multiplicaba por cien con solo que se quitara las gafas.

Sapo volvió a colocarse las gafas en su lugar, sobre la nariz, aunque el director observó que en realidad no era tanto una nariz como…, como un…, bueno, ¿cuál sería exactamente la palabra? Cuando Sapo se levantó y se encaminó hacia la puerta con un suave balanceo, el director, ajeno a los suaves ronquidos de los ancianos profesores a su alrededor, se quedó junto al fuego, cavilando sobre el desgraciado parecido de aquel gran hombre con un sapo, y sobre cómo la madre naturaleza, que tan generosa había sido con él en cuanto a sus dones intelectuales, se había mostrado tan cruelmente parca a la hora de otorgarle encanto físico.

Dos días más tarde, el director subió corriendo las escaleras de piedra que llevaban al estudio de Sapo y entró en su espacio privado.

—Profesor Sapo —dijo, casi sin aliento—, perdóneme esta intrusión. No le molestaría si las noticias no fueran tan importantes. Los caballeros de Oxford (y digo caballeros por decir algo, porque, al fin y al cabo, estamos hablando de Oxford) afirman que han descubierto algo llamado inteligencia artificial.

—¡Nada menos! —dijo Sapo, apretando los ojos—. Y dígame…, ¿qué es lo que hacen exactamente con esa inteligencia artificial?

—De algún modo la han integrado en una máquina. En una máquina que piensa —respondió el director, rebufando.

—Es ridículo —espetó Sapo—. Una cosa así no existe. Luego dirán que tienen una máquina de movimiento perpetuo. Ya he echado por tierra una docena de proyectos así. Siempre resulta que se mueven gracias a algún animalillo diminuto que corre por una rueda en el fondo de la caja. Son todos unos charlatanes.

—No, no —insistió el director—. Dicen que la máquina puede sumar uno y uno, y que de verdad le salen dos. ¿Es eso posible?

Sapo consideró la cuestión y respondió:

—¿Está seguro de que no se trata de un simple ábaco al que le han dado demasiado bombo?

—Mis espías…, esto…, quiero decir, mis ayudantes… dicen que no.

—¿Y ese ingenio tiene nombre?

—Lo llaman computadora.

—¿Computadora? Qué absurdo. Estoy seguro de que no tiene futuro. Ninguno en absoluto. No se apure, director. Se me ocurrirá algo mejor; espere y verá. No podemos dejar que Oxford nos tome ventaja en ningún frente, aunque sea en algo tan claramente inútil como esto. Le sugiero que vaya a casa y se tome una buena taza de té bien cargado. Tendré algo preparado para usted por la mañana. Por cierto, si va por el Magdalene College, dígales que me envíen una docena de duques y vizcondes ahora mismo. Y marqueses, si tienen alguno. Los necesito para mi investigación.

Perplejo, el director le obedeció y muy pronto los aposentos de Sapo quedaron llenos de nobles jóvenes divertidos que daban sorbitos a sus copas de champán y se divertían tirándose canapés unos a otros.

A la mañana siguiente, el bedel llamó a la puerta del director del Trinity College. Llevaba consigo un artículo original escrito por el profesor Sapo. El director lo leyó con manos temblorosas y, abrumado, se dejó caer en su butaca, llorando de gratitud. El profesor Sapo lo había vuelto a conseguir. Había dejado a aquellos tipos de Oxford a la sombra con su obra magna, titulada: «Estupidez artificial: cómo producirla. ¿Podrá llegar a reemplazar en un futuro a la estupidez natural?».

CAPÍTULO 11

Discordia y motín

En el que nuestros héroes oirán curiosos rumores,
y el profesor Sapo hará gala de uno más de sus innumerables talentos.

El verano avanzaba a ritmo constante. Ratita y Topo pasaban sus días navegando, nadando y descansando tendidos al sol. Al caer la noche, Topo a menudo disfrutaba del solitario placer de la lectura mientras que Rata escribía poesía y mordisqueaba su lápiz a partes iguales (aunque, a decir verdad, mordisqueaba más el lápiz de lo que escribía).

Aquella tarde en particular, la pareja estaba pasando el rato en la madriguera de Rata, jugando una partida de serpientes y escaleras cuando alguien llamó a la puerta con decisión. El Topo se sobresaltó.

—¡Dios Santo! ¿Quién puede ser? —exclamó. Estaba a punto de

subir su peón a lo alto de la escalera más larga del tablero y asestarle así a Rata un buen golpe.

—Por los golpes parece Tejón. Nadie llama a la puerta con tanta fuerza como él —dijo Rata, que se dirigió a la puerta, donde, efectivamente, esperaba Tejón.

—Hola, chicos —saludó Tejón, mientras se sentaba en la butaca que quedaba libre. Miró gravemente y por turnos a Topo y a Rata—. Supongo que no habéis oído la noticia.

—¿Qué noticia? —respondió Rata.

—Los armiños y las comadrejas —dijo Tejón—. Hay rumores.

—Vaya por Dios —soltó Topo—. ¿Qué tipo de rumores exactamente?

Aquello le puso un poco nervioso, porque, aunque había hecho gala de un gran valor en la batalla de la Mansión del Sapo, blandiendo su garrote contra todo el que se le ponía delante, abatiendo a gran cantidad de comadrejas y aporreando a un montón de armiños, aquel era un tema de conversación que un animal sensato y pacífico como el topo prefería evitar.

—Los rumores no son más que rumores —dijo Tejón, con su habitual tono directo—. Es lo que tienen. Una palabra aquí y un murmullo allá. ¿No habéis oído nada en absoluto?

—Ni una palabra —respondió Rata, sirviéndole una taza de té—. Pero no lo dirás en serio —añadió y, al ver la cara de Tejón, enseguida se corrigió—. No irán en serio. Después de la tunda que les dimos, me sorprende que tengan siquiera valor de aparecer en público.

Tejón prosiguió:

—Uno de los conejos de los setos me ha contado que oyó una conversación entre el Jefe de las Comadrejas y el Suboficial Armiño. Dijo que el armiño estaba incitando al jefe, diciéndole que deberían tomar de nuevo la Mansión del Sapo, ahora que este se había ido a Cambridge. Ya visteis lo que ocurrió la otra vez que se fue.

—Pero, Tejón —objetó Rata—, tú sabes lo cortos de luces y poco fiables que son los conejos, que siempre lían las cosas. Yo no me fiaría de uno de ellos ni para hacer la lista de la compra.

—Eso puede ser —admitió Tejón—, pero hasta la criatura más tonta acierta de vez en cuando. No podemos permitirnos hacer caso omiso, especialmente ahora que Sapo se ha ido.

Se quedaron mirando la chimenea con la mirada perdida, dando sorbos al té, cada uno repasando sus recuerdos de la terrible batalla de la Mansión del Sapo.

Por fin Tejón rompió el silencio:

—Tenemos que avisar a Sapo. Es hora de que vuelva a casa.

—Eso desde luego sí que es ir demasiado lejos —protestó Rata—. Al fin y al cabo, solo son rumores.

—No es solo eso —gruñó Tejón—. Sabes tan bien como yo que no es bueno que esté por ahí, deambulando por el ancho mundo, lejos de los suyos. Eso solo puede traer problemas.

Rata se giró hacia Topo.

—¿Tú qué piensas, Topito? ¿Deberíamos decirle que vuelva a casa?

—Bueno… —respondió este, midiendo sus palabras—. Si fuera yo, me gustaría estar informado sobre los rumores, desde luego.

Los interrumpió la llegada del ratón cartero, que llamó a la puerta y le dio a Rata un grueso sobre escrito con una caligrafía familiar.

—Hablando del diablo… Es una carta de Sapo, y va dirigida a los tres —dijo. Y leyó en alto:

> Queridos amigos:
> Siento haber sido tan irregular en mi correspondencia, pero he estado terriblemente ocupado con mis investigaciones. No tanto, no obstante, como para no poder participar en alguna actividad extracurricular. Os envío un recorte del periódico *Varsity* con las noticias de mi último éxito, para que disfrutéis conmigo.
>> Vuestro amigo,
>> Prof. Sapo (doctor honoris causa)

Atónito, Rata extrajo del sobre un recorte de periódico y leyó el artículo en voz alta.

¿Profesor Buttercup?

Académico cantarín se gana al público con su interpretación

por

Hiram Satchel

El sábado fue el tan esperado estreno de la ópera ligera de Gilbert & Sullivan *HMS Pinafore*. Sin embargo, en un giro inesperado de los acontecimientos, el cantante que debía interpretar el papel protagonista de Little Buttercup contrajo laringitis justo antes de levantarse el telón. Afortunadamente, había otro miembro del reparto capaz de ocupar su lugar. Pero el actor —sí, actor, no actriz— era un miembro del coro sin experiencia. Se trata del profesor Sapo, que, en sus momentos libres, disfruta memorizando las partituras de las óperas populares. Así, al levantarse el telón, el público se encontró con el talentoso intelectual ataviado con un vestido y una peluca, interpretando el papel de Little Buttercup.

Todo el mundo, incluido este humilde periodista, presagiaba el desastre. Entre otras cosas, porque el profesor, de baja estatura y corpulento, no es conocido por su encanto personal: tiene un desgraciado parecido con el anfibio homónimo, algo que no se puede disimular por completo con pintalabios y una gruesa capa de maquillaje.

Pero tengo el placer de informar de que la Buttercup improvisada por el profesor fue, desde el primer trino al último, un éxito. Hacia el final del segundo acto, en el que Buttercup revela el oscuro secreto sobre el que gira la trama, no quedaba nadie en la audiencia que no hubiera derramado alguna lágrima. «La» protagonista también resultó ser una acróbata del escenario, y asombró al respetable con sus saltos por la borda del *Pinafore*, aparentemente sin esfuerzo alguno.

Vean esta asombrosa producción sin más dilación. Risas, lágrimas y vítores asegurados. Y será algo de lo que hablarán a sus nietos dentro de muchos años.

Los tres amigos digirieron la noticia en silencio hasta que Rata dijo:

—Bueno, supongo que esto zanja la cuestión. Ahora nunca volverá a casa, mientras le alaben de este modo. —Dio la vuelta al papel—. ¡Oh, esperad, aún hay más.

NOTA DE ÚLTIMA HORA: unos versos que nos acaba de remitir a Varsity algún amante del teatro resumen perfectamente el espectáculo:

Por las cubiertas del Pinafore
y bajo sus telas de trapo,
grandes actores llenan la escena,
pero nadie como el gran Sapo.

—Esos versos tienen algo… —dijo Topo, receloso—. Parece como si…, pero no, no puede ser. ¿Creéis…?

—Son obra de Sapo, por supuesto —gruñó Tejón—. Ese pomposo y engreído animal. Tienes razón, Ratita. No volverá, pero yo le voy a escribir una carta igualmente. No estaríamos cumpliendo con nuestro deber como amigos si no intentáramos al menos advertirle.

Tejón se puso en pie, se estiró y anunció que se iba.

—Y recordad —les advirtió, ya desde la puerta—: mantened los ojos abiertos.

Rata y Topo le despidieron con la mano y volvieron a sus butacas.

—En fin —murmuró Topo.

Pensó en el insolente comportamiento de la banda de armiños de la estación de tren. Había atribuido su mordacidad a simple mala educación, pero ¿y si su comportamiento incivilizado en realidad no fuera más que el anuncio de algo peor?

Ratita le tranquilizó:

—No te alteres, viejo amigo. Les dimos tal tunda el año pasado que pasaron meses sin poder sentarse. No se atreverán a volver a intentarlo. ¿Más té?

Aquella noche, Topo se tumbó en su cama e intentó dormir con todas sus fuerzas, algo que, como todos sabemos, casi nunca funciona. Se puso en pie y, en bata, arrastró los pies hasta la cocina y se preparó una taza de leche caliente. Volvió a la cama intranquilo, y estuvo un buen rato dando vueltas entre las sábanas. Cuando por fin se durmió, el murmullo del río fue convirtiéndose progresivamente en una voz que susurraba en su atribulada mente: «Armiños…, comadrejas…, armiños y comadrejas…»

CAPÍTULO 12

Clases de natación

*En el que quedará demostrado que no a todo el mundo
le gusta tanto el agua como a una rata de agua.*

Humphrey, viejo amigo —dijo Ratita, interrumpiendo al chico, que estaba haciendo unos ajustes a su diseño para una cola de cometa con mejoras aerodinámicas—, Topo y yo vamos a llevarte al río para que te familiarices con las maravillas de la Orilla del Río.

—Pero, señor —objetó Humphrey—, yo no sé nadar.

—¿No sabes nadar? —respondió Rata, abriendo los ojos como platos—. ¡Cielo santo, menuda carencia en tu educación! Tenemos que corregir eso inmediatamente. Fíjate en que hasta Topo, el animal más amante de la tierra que pueda existir, sabe nadar. Le enseñé yo mismo, ¿sabes?, y ahora nada como un pato.

—Pero, señor, yo preferiría…

—Venga, venga, Humphrey. No hace falta que me des las gracias. Vamos. Topito nos está esperando en el embarcadero. Tu tío tiene todo tipo de equipo acuático, vestigios de los tiempos en que le dio por navegar. ¿Te acuerdas de su fase de navegante? Vino justo antes de la fase de la carreta, que vino justo antes de la del automóvil, que resultó ser (hasta la llegada de la fase del globo, claro) la más desastrosa de todas.

—¿En qué sentido, señor? —preguntó Humphrey, que se resistía a dejar su trabajo.

—¿Quieres decir que no lo sabes? ¿Que tu propio tío acabó en la cárcel por birlar [39] un automóvil? Fue sentenciado a veinte años de reclusión, que debía cumplir en la mazmorra más oscura y húmeda del territorio, de la que ningún hombre había escapado nunca.

—¿Mi propio tío, un presidiario? —reaccionó Humphrey—. ¡Qué alucinante! Eso no hace más que demostrar que las apariencias engañan. No veo el momento de contárselo a mis amigos en el colegio.

---

39. Birlar: «robar». Ratita quiere hacerse el moderno con el jovencito, usando un lenguaje informal algo desfasado.

—Pues la cosa no acaba ahí —dijo Rata—. Se fugó.

—¿Se fugó? —exclamó Humphrey—. ¡Caray, no me lo puedo creer! ¿Por qué no me lo habrá contado mi madre?

—Dudo que ninguno de tus parientes tenga ganas de hablar de ello —respondió Ratita secamente—. Se trazó un plan de huida, y tuvo éxito, a pesar de los enormes esfuerzos de Sapo por arruinarlo. Se podría decir que escapó «a pesar» de sí mismo. Por supuesto, no es así como lo cuenta Sapito. Oh, no, el gran caballero tiene una versión muy diferente.[40]

—Le preguntaré sobre el tema en mi próxima carta —decidió Humphrey—. Me está enviando unos libros fascinantes: botánica, química, fisiología…, todo tipo de cosas interesantes.

—Eso está bien —dijo Rata—. Pero últimamente pasas demasiado tiempo con tus libros. Mírate, Humphrey, tan pálido y lánguido. Tenemos que hacer que te dé el sol, dar algo de color a tus mejillas, ponerte en forma. Te haremos fuerte con el remo y la natación, y luego añadiremos algo de gimnasia. Estoy seguro de que te convertirás en un campeón de salto. Los sapos suelen serlo. En días alternos, trabajaremos con las mazas indias y el balón medicinal y, veamos… ¿qué más?

---

40. Lo de «gran caballero» es una ironía, por supuesto.

Fueron charlando hasta el embarcadero, o más bien era Rata quien charlaba, exponiendo detalles del nuevo programa físico de Humphrey. El sapito le oía en silencio, con el corazón encogido al pensar en que el verano se le iba a pasar sin poder ir en busca del globo para repararlo.

—Aquí estamos —anunció Ratita.

En la cabina había material diverso para la navegación almacenado en hileras, junto a todo el equipo náutico imaginable, lo mejor de lo mejor, todo cubierto de una capa de polvo, nuevo e impecable. Topo estaba muy ocupado trasteando entre los montones de cosas y estornudando.

—Buenos días, señor Topo —saludó Humphrey—. El señor Rata me acaba de contar la fuga de mi tío de la cárcel.

—De verdad, Ratita… —le regañó Topo—. Cuanto menos se hable de eso…, at-chís!, mejor. ¡At-chís! Bueno, ¿empezamos hoy con el bote de remos? ¿O quizá con la piragua?

—Demasiado complicado para un principiante —dijo Rata, sacando unos cuantos remos de al lado de la pared y poniéndolos junto al minúsculo sapito, para escoger la medida adecuada—. Acabaría en el agua antes de que te dieras cuenta. Y no sabe nadar, ¿te lo puedes creer? Pásame uno de esos chalecos de corcho, por si acaso.

Rata le colocó a Humphrey un chaleco de lona y corcho que era demasiado grande para él y declaró:

—Listo. El bote de remos para empezar, diría yo. O quizá la barca con pértiga.[41] ¿Cuál prefieres, Humphrey? A lo mejor tendríamos que cortarte estos remos.

—En realidad —dijo una débil vocecilla procedente del interior del chaleco—, si no les importa, yo preferiría…

—Tienes toda la razón —le interrumpió Rata—. Empecemos con el bote de remos. Mantener el equilibrio y manejar la pértiga es demasiado para un novato. ¡Ah, ahí están los remos más cortos!

(A Rata se le puede perdonar su entusiasmo por la navegación, ya que se había pasado toda su vida en el río, o en sus alrededores. El río había sido para él padre y madre, hermano y hermana, abrigo y sustento, compañía y despensa.)

Rata y Topo solo tardaron un momento en preparar el bote, ya que eran marinos experimentados y un modelo de eficiencia. Cuando le llegó el turno de subir a Humphrey, se agarró con fuerza al brazo de Topo.

—Siéntate junto a Topo, sobre el cojín, y mira cómo remo —le indicó Rata, que empujó el bote hasta el río, donde la suave corriente se llevó la embarcación—. Ahora observa, Humphrey. ¿Ves cómo hay que echarse hacia delante y agarrar el agua con el

---

41. Bote usado en estanques de aguas poco profundas, impulsado por una persona que se pone de pie sobre la popa e impulsa la embarcación apoyando una larga pértiga en el fondo.

remo? Luego sigue así. Intenta no salpicar demasiado. Eso asusta a los peces, y ya son un poco caguetas de por sí.

Rata le demostró cómo se hacía mientras Humphrey se acurrucaba en la popa, con una mano apretando el brazo de Topo, y la otra aferrada a la borda.

El grupo fue navegando río abajo a ritmo tranquilo, pasando por zonas de sombra y de cálida luz del sol, que creaba brillos sobre las ondas del agua. La brisa llevaba consigo el inefable aroma a madreselva. Las alondras emitían melodiosos trinos. Los estorninos revoloteaban en el cielo y los patos chapoteaban en el agua. Los escálamos emitían un hipnótico crujido a medida que Rata remaba.

Lentamente, de forma gradual, el río empezó a atrapar a Humphrey con su magia. Aflojó la tenaza con que tenía agarrado a Topo (que, a decir verdad, empezaba a tener el brazo dormido del apretón) y empezó a mirar a su alrededor. Una hoja verde se acercó transportada por la corriente, cubierta de una serie de puntitos rojos, que, vistos más de cerca, resultaron ser un grupito de mariquitas que habían salido de excursión. Una libélula de un azul cristalino flotaba en el aire, cerca de la superficie; por la orilla pasó un faisán que los saludó agitando las alas, de vivos colores.

Rata suspiró profundamente.

—Ah, sí. No hay nada como salir a navegar.

—También está bien volar en globo, desde luego —intervino Topo—, aunque es algo que no repetiré. Aun así…

Rata enseguida avistó una ensenada de aguas poco profundas que le pareció adecuada, y amarró la barca. Topo se puso cómodo, apoyándose contra un árbol, y abrió su nuevo libro. La acción se situaba en una isla desierta y no bajo tierra, lo cual le decepcionó un poco, pero aun así era una interesante historia sobre un tesoro enterrado y su búsqueda por parte de un joven y una malvada banda de piratas.

Rata se tumbó boca abajo sobre la hierba y le ordenó a su pupilo que prestara mucha atención:

—Bueno, Humphrey, concéntrate. Tienes que mover los brazos así —le ilustró— y patear de esta manera. ¿Lo ves? No tiene ningún misterio.

Humphrey lo miró y se estremeció.

Luego Rata llevó a su vacilante alumno al agua, primero hasta donde cubría a la altura de los tobillos, luego hasta media pierna y luego hasta las rodillas.

—Está…, está un poco fría —objetó Humphrey, balbuceando—. Quizá tendríamos que esperar a otro día, cuando el agua esté más templada…

—Enseguida te acostumbrarás —dijo Rata, sin hacer caso—. Yo le enseñé a tu tío Sapo a nadar, ¿sabes?, y ahora se le da muy bien, aunque tampoco es que nade como un delfín.[42] Bueno, ahora échate hacia delante y empieza a agitar las patas traseras en el agua.

—¿Y las gafas? —preguntó Humphrey—. ¿Y si las pierdo en el agua?

—Oh, vaya, no había pensado en eso —reconoció Rata—. Más vale que me las des.

Humphrey, que sin gafas no podía distinguir a Rata de Topo (ni del tocón de un árbol, en realidad), se las dio, no muy convencido.

—Ahora coge aire —dijo Rata— y toma impulso.

Humphrey obedeció: cogió aire tal como le había indicado, y luego… nada. Se quedó allí mismo, congelado, con el agua formando remolinos alrededor de sus rodillas.

Topo levantó la vista un momento de su lectura y vio que Rata, embargado con el entusiasmo que le producía todo lo relacionado con el agua, era incapaz de ver el pánico en el rostro de Humphrey.

—Ratita, a lo mejor Humphrey no quiere aprender a nadar —dijo Topo, preocupado.

—Tonterías —dijo Rata—. Lo único que necesita es un empujón.

Y entonces Rata hizo algo que algunos considerarían impropio y que a otros les parecería inexcusable: le dio un empujón a Humphrey, un empujoncito, para animarle, y Humphrey cayó de bruces en el agua

---

42. Probablemente ni la propia Rata supiera cómo nadan los delfines, ya que ninguno de nuestros amigos se había acercado nunca al océano.

y, de la sorpresa, tragó una gran cantidad de agua de río, que fue a parar a sus pulmones, donde desde luego no tenía que estar.

La impresión y la angustia que sintió el pobre Humphrey en aquel momento son difíciles de describir, por no hablar de la sensación de traición y rabia —justificada— dirigida hacia Ratita. Afortunadamente para todos, el chaleco de cuero cumplió su misión y lo devolvió a la superficie, resoplando y tosiendo con fuerza, y balanceándose como…, bueno, como un corcho.

—Nada, Humphrey —le dijo Rata—. Haz lo que te he enseñado. Venga, mueve los brazos y las piernas. ¡Venga!

Humphrey, que no veía nada, se giró hacia el lugar de donde procedía la voz de Rata y agitó los brazos en un intento desesperado por llegar a la orilla. Topo dejó su libro y se puso en pie, junto a la orilla.

—Ratita —dijo, alarmado—, creo que necesita que le ayudemos.

En aquel momento, Rata debería haber prestado más atención a Topo, pero al estar en su elemento, donde se sentía tan a gusto, no podía entender la angustia que podía provocarle a nadie caer en un medio tan acogedor (tal como él lo veía).

Rata hizo caso omiso del aviso de Topo y gritó:

—Humphrey, escúchame. Mueve los brazos y las piernas tal como te he enseñado. ¡Venga… nada!

¡El pobre Humphrey! Cegado sin sus gafas, incapaz de oír nada, absolutamente aterrorizado, revolvía el agua, en realidad alejándose de la orilla, en dirección a la corriente principal.

—Ratita —insistió Topo—, realmente creo que…

—No te preocupes, Topito. Enseguida se acostumbrará. Tú tardaste un rato, ¿te acuerdas?

Topo frunció el ceño. Era cierto, había tardado bastante en sentirse a gusto en el agua, y ahora estaba agradecido a su amigo por haberle abierto un nuevo horizonte.

—¡Rema, Humphrey! —gritó Rata, que luego se dirigió a Topo—: ¿Qué le pasa a este chico? Nunca he visto a nadie tan torpe.

—A lo mejor deberíamos ir los dos hasta allí —propuso Topo—, y…

—Holaaaa, holaaa —los llamó alguien desde la orilla contraria.

—Oh, mira —dijo Ratita—. Ahí están las nutrias.

Nutria, la señora Nutria y su hijo, Portly, iban paseando por la orilla contraria y los saludaban agitando las manos.

Lo que ocurrió a continuación sucedió en solo un segundo, pero es que no hacía falta más. Rata y Topo saludaron a sus amigos, apartando la mirada de Humphrey durante un brevísimo instante —el tiempo de un respiro— y cuando volvieron a girarse en su dirección no vieron nada más que un chaleco vacío flotando en el agua.

El sapo se hundió. Dejó atrás a los pececillos, al aletargado tritón. Se hundió cada vez más, alejándose de la robusta tortuga, de

la asombrada trucha. El agua fría inundaba sus pulmones. La desesperación inundaba su cerebro. Nunca en su vida había estado tan angustiado, tan indefenso. ¡Pobre sapito! Pero en el mismo momento en que el agua empezaba a apagar las brasas de su vida, unas fuertes patas lo agarraron por ambos lados y lo sacaron a la superficie con tanta fuerza que salió salpicando como un salmón en pleno salto. Eran Nutria y Rata, que lo agarraban con fuerza. Lo arrastraron hasta la orilla, donde salió a su encuentro Topo, que lo sacó a tierra firme cargándolo como un saco de patatas.

Humphrey yacía inmóvil, con los párpados teñidos de un color azul nada halagüeño.

—¡Tenemos que hacer algo para que entre en calor! —gritó Topo—. ¡Ponedlo al sol! ¡Trae la manta del bote!

Lo arrastraron hasta un lugar soleado y le echaron la manta encima. Rata masajeó al sapito para estimularle la circulación. Luego Nutria, que tenía experiencia en este tipo de situaciones, le levantó la espalda y le dio unos golpecitos por detrás, provocando que escupiera un chorro de agua considerable para un cuerpo tan diminuto. Humphrey cogió aire, se estremeció y abrió los ojos. Parpadeó, con la mirada borrosa, recorriendo con la vista los rostros que le observaban.

—Gracias a Dios —suspiró Topo—. Pensábamos que te habíamos perdido.

—Dinos algo, muchacho —le dijo Nutria—. ¿Puedes hablar?

—He..., he..., he perdido el chaleco —farfulló Humphrey.

—Me temo que es culpa mía —reconoció Rata, compungido—. Perdóname, te lo ruego, Humphrey. Nunca debí haberte puesto un chaleco de esa talla. Lo hicieron a la medida de tu tío, que tiene una complexión mucho más..., bueno..., más robusta. Gracias a Dios que solo has pasado unos segundos bajo el agua.

El pobre Humphrey, empapado y angustiado, se quedó atónito al oír aquellas palabras. Debía de ser que aún tenía los oídos taponados con algas y que no había oído bien. Había estado bajo el agua una eternidad, ¿no?

—¿Podrás perdonarme? —prosiguió Rata. Estaba tan abatido que Humphrey, tras un momento de duda, asintió—. Gracias, chico. Gracias, pequeño —dijo Ratita, fervorosamente—. Bendito seas. Y gracias a ti —añadió, dirigiéndose a Nutria—, por tu gran ayuda.

—No ha sido nada —afirmó Nutria, bajando la cabeza—. Me alegro de haber podido ayudar. Bueno, ahora tengo que irme. Me espera la familia. Nos llevamos al chico a cazar libélulas.

Nutria se zambulló y nadó con gran elegancia hasta la otra orilla, donde su familia lo observaba todo. Siguieron su camino, Nutria y la señora Nutria cogiendo a Portly de las patitas y balanceándolo como en un columpio. El pequeño soltaba risitas y gritos de alegría.

Componían una bonita escena familiar. Aquello no le pasó por alto a Rata, que se los quedó mirando con una expresión de nostalgia. Y la reacción melancólica de Rata tampoco le pasó desapercibida a Topo, que comprendía la melancolía de su amigo.

Topo recogió los remos y la manta mientras Rata recuperaba el chaleco de corcho. Cargaron a Humphrey en la barca y emprendieron el viaje de vuelta.

—No te preocupes, chico —dijo Rata, colocando el material en su sitio—. Estoy seguro de que la próxima vez lo harás mejor, y…

—Ratita, no creo que… —le interrumpió Topo, pero Rata siguió.

—Haremos algo con ese chaleco, y te prometo que mañana te vigilaré más de cerca.

—¿Ma…, mañana? —replicó Humphrey, incrédulo.

Ah. Mañana. Una palabra tan simple por sí sola. Una palabra tan inocente, en realidad. Sin embargo, a Humphrey se le vino el mundo encima al oírla, porque ahora estaba cargada de un significado tremendo.

¿Debía haber previsto Ratita el efecto que tendría aquella simple palabra en su joven pupilo? Es difícil saberlo. Pero cuando llegó ese «mañana», como siempre ocurre, Humphrey había desaparecido. De su cama, de su habitación, de la Mansión del Sapo.

CAPÍTULO 13

El Bosque Salvaje

En el que Humphrey y Sammy vivirán
una aventura que los cambiará para siempre.

Hay muchas formas de valor. Para ser un sapito más bien pequeño e indefenso, Humphrey dio muestras de valentía cuando entró con Sammy en el Bosque Salvaje. Por supuesto, sabía que era algo que no debía hacer, pero Sammy, que conocía todos los senderos, los pasajes y los atajos, y cuya madre era prima segunda del Jefe de las Comadrejas, le aseguró que yendo juntos estarían a salvo. Así que Humphrey entró en el Bosque Salvaje, sin una pistola ni un garrote, ni ninguna protección más que la amistad de una pequeña y desaliñada comadreja. ¿No es eso una señal de valor? (¿O quizá lo es de insensatez)[43]

---

43. La autora deja esa decisión en manos del lector.

Nadie los vio marcharse. De haberse levantado lo suficientemente temprano, cualquiera de los habitantes de la mansión habría podido seguir el rastro que dejaron los dos amigos por el rocío plateado, primero hasta el cobertizo del jardinero y luego directamente hacia el Bosque Salvaje. Y para cuando se dio la voz de alarma, ya hacía rato que el calor del sol había borrado sus huellas.

Fueron empujando por turnos la segunda mejor carretilla del jardinero, sin dejar de comentar lo estupendo que sería hacer que el globo volviera a volar, por no hablar de la generosa recompensa.

—¿Qué vas a *hacé* con tu *mitá*, Humphrey? —preguntó Sammy.

—Voy a comprarme una lente de aumento, creo, o un microscopio, si el dinero me llega. ¿Y tú, Sammy?

—Yo creo que compraré unas botas de invierno *pa* que podamos usarlas mi hermano y yo por turnos, y quizás un gran ovillo de lana *pa* mi mamá. Mi mamá teje que te pasas.[44] En *realidá* no tiene otra, al ser tantos en casa y eso…

Humphrey se quedó en silencio y consideró la enorme diferencia que suponía comprarse una lente de aumento para él o comprarse un par de botas para compartirlas. Entonces, sin pensárselo dos veces, decidió que Sammy debía quedarse toda la recompensa, porque era

_____

44. Quiere decir que su madre es una gran tejedora. Aunque seguro que ya lo habrás entendido.

un sapo de buen corazón y no podía soportar la idea de que su amigo fuera descalzo día sí, día no, durante las nevadas del invierno. Ver que el globo se elevaba de nuevo ya sería suficiente recompensa.

El sol ya asomaba en el horizonte cuando pasaron junto a un par de erizos que salían de compras. Se quedaron mirando a Humphrey algo extrañados, pero les dieron los buenos días con educación. Luego vieron a un conejo que los miró, nervioso, antes de escabullirse rápidamente. Que estuviera nervioso no resultaba preocupante, puesto que era un conejo, y los conejos siempre están nerviosos, haya motivo o no.[45] Luego se cruzaron con la panadera, que hacía su ronda diaria. Era una linda ratita con bonitas orejas y un manto de pelo sedoso que llevaba una gran cesta llena de panes y tentadores pasteles. El pan desprendía un estupendo olor que quedaba tras ella como un rastro, más seductor que el más caro de los perfumes.

—Buenos días, chicos —dijo, escrutando a aquella extraña pareja, con aquella carretilla.

—Buenos días, señorita —murmuraron ellos.

Pasó de largo, pero luego se giró y se dirigió a Humphrey.

—Joven sapo —dijo, algo preocupada—, ¿sabe tu madre que estás en el Bosque Salvaje?

---

45. Los conejos viven siempre angustiados, pobres criaturas.

—Mi madre está en Italia, señorita —contestó Humphrey educadamente. Era cierto, aunque esa respuesta solo estaba evitando la pregunta.

—¡Italia! Dios Santo. Pero ¿quién está a cargo de ti?

—No pasa *na*, señorita —intervino Sammy—. Está conmigo.

—Eso está muy bien —accedió ella—, pero saldréis del bosque antes de que oscurezca, ¿verdad? Yo, y otros como yo, pasamos diariamente por aquí sin problemas para vender nuestra mercancía, pero ni siquiera nosotros nos entretenemos por el bosque cuando se pone el sol.

Sammy apoyó la pata sobre el hombro de Humphrey y declaró:

—Es mi amigo, señorita. Yo me encargaré de que no le pase *na*.

—Es un gran alivio oír eso. —La ratita metió la pata en la cesta y sacó dos bollitos de grosella—. ¿Os apetecen? Los he horneado esta mañana.

Los chicos le dieron las gracias con toda educación y se sentaron a comerse los bollos. Ella siguió por su camino, aunque algo más allá les echó una mirada por encima del hombro.

Sammy y Humphrey siguieron adelante, internándose cada vez más en el bosque. La carretilla cada vez pesaba más y costaba más manejarla. El follaje se volvía más denso y las hayas y los olmos se volvían más altos, hasta que llegaron a lo más oscuro del corazón del bosque, donde las copas de los viejos robles se entrecruzaban sobre sus cabezas, tapando la luz. El aire era frío, inmóvil y oscuro, y el sotobosque estaba húmedo en las zonas a las que no llegaba el sol.

Humphrey se estremeció y deseó estar en la mansión, o al menos llevar ropas más cálidas. Estaba preocupado, tenía frío y, para acabar de arreglarlo, se dio un golpe en la espinilla contra la raíz de un árbol.

Tras un par de giros erróneos y rectificaciones, por fin llegaron al claro donde Sammy había visto el globo. Y allí estaba, amontonado sobre un tocón. Era una imagen triste, un pellejo deshinchado y desparramado por el suelo, que formaba una especie de charco amarillo. Sus numerosas cuerdas estaban enredadas en complicadas marañas, y la cesta de mimbre estaba agujereada.

Humphrey se vino abajo, porque aunque Sammy le había advertido, no se imaginaba que encontraría el globo en aquel estado tan lamentable. Ya no era un ingenio noble y magnífico: de hecho, ya no parecía que aquello fuera una aeronave. Rodeó los restos del globo y murmuró:

—Oh, cielos, cielos. Qué desgracia. Otro de los grandes planes del tío Sapo que acaba mal. Aun así, quizá podamos repararlo en casa.

—¿Y qué hay de la libra? —preguntó Sammy, ansioso—. Nos darán la libra igualmente, ¿no? ¿Aunque esté hecho un asco?

—Sí —respondió Humphrey—. Nos darán la libra. El tío Sapo solo quiere recuperarlo. No dijo que tuviera que estar perfecto para el vuelo.

—¿Estás seguro? —insistió Sammy, ya pensando en sus botas nuevas y en la bufanda de lana que le haría su madre.

—Sí, claro. El tío Sapo es de lo más generoso. Nunca se muestra tacaño con su dinero —dijo. Levantó un trozo de lona y examinó un largo corte—. Hmmm. Creo que este trozo se podría coser sin muchos problemas. Pero ese trozo de ahí… Eso es otra historia.

Tan enfrascado estaba Humphrey en el examen de los tristes restos del globo que no vio los dos rostros afilados que asomaban por el sotobosque y observaban cada uno de sus movimientos con ojos duros y calculadores.

—Muy bien —concluyó Humphrey—. Creo que ya lo tengo. Tendremos que cortar estos cabos, enrollar la tela, ponerla en la carretilla y luego colocar la cesta encima. Suerte que he traído mi navaja.

Se pusieron manos a la obra y, en aquel mismo momento, de entre los arbustos apareció el Jefe de las Comadrejas y uno de sus fornidos esbirros, el Suboficial Armiño.

—Hola, joven Sammy —dijo el jefe, casi susurrando—. ¿No nos presentas a tu amigo?

Humphrey se quedó helado; sintió que las piernas le fallaban. El instinto le gritaba con todas sus fuerzas que saliera huyendo, que empezara a correr todo lo que le permitieran sus pies, pero las piernas no le obedecían. Se quedó allí, inmóvil, presa del pánico.

—No tengas miedo —le animó el jefe en un arrullo—. Aquí eres nuestro invitado. Estábamos a punto de almorzar, y espero que aceptes la invitación y nos acompañes. Sammy. Haz los honores y preséntanos.

—Ehm… Jefe, él es mi amigo, Humphrey —soltó Sammy, cohibido.

—Ah, el señorito Humphrey. Es un placer conocerte, por supuesto —respondió el jefe, con una reverencia.

El Suboficial Armiño soltó una risita socarrona y dijo a su vez:

—Sí, claro, «un placer».

El Jefe de las Comadrejas le dio un codazo y le ordenó, adoptando de pronto una expresión adusta:

—Ve a buscar el almuerzo, venga. Estoy seguro de que estos caballeros estarán muy fatigados tras la caminata. Y no te olvides del mantel.

El Suboficial Armiño desapareció entre los matorrales y volvió un momento más tarde con un mantel de cuadros y una cesta de la que empezó a sacar diversas cosas.

Humphrey por fin recuperó un hilo de voz:

—Es…, es muy amable por su parte, señor, pero me esperan en la Mansión del Sapo.

—¿Ah, sí? —dijo el Jefe de las Comadrejas, en tono desenfadado—. Mis últimas noticias eran que tu tío estaba en Cambridge. Ven, siéntate. Hay un montón de cosas buenas y apetitosas.

Humphrey miró con tensión a Sammy, que tenía los ojos fijos en las tartas de carne y los rollitos de salchicha que les ponían delante, y dijo:

—¿No crees que es hora de que nos vayamos?

—Quedémonos a comer algo, Humphrey. El bollito de grosella que nos hemos *comío* queda ya *mu* atrás —respondió Sammy, hambriento, y se dejó caer sentado en el suelo.

Humphrey vaciló. Su estómago estaba de acuerdo en que el bollito de grosella quedaba ya muy lejos. Y aunque el armiño y la comadreja que tenía delante eran precisamente los sujetos contra los que más le habían advertido, ambos les mostraban cálidas sonrisas y una actitud protectora que le hacía sentirse como en casa. Además, la madre de Sammy era prima segunda del Jefe de las Comadrejas. Y, llegados a aquel punto, sería muy feo dejarles plantados. La comida ya estaba dispuesta ante ellos. Su estómago desequilibró la balanza de sus dudas con un sonoro gruñido. Se sentó.

—Ya podéis atacar, venga.[46] —dijo el Jefe, con una sonrisa.

Al final resultó ser, sorprendentemente, un buen anfitrión, pues le dio conversación y se interesó por Topo y Rata, y el señor Tejón y el profesor Sapo: que si todos estaban bien de salud y que en qué empleaban su tiempo, que quién se iba de vacaciones y exactamente dónde y cuándo. También mostró un gran interés por los principios del vuelo aerostático, e hizo múltiples preguntas sobre cómo podría repararse el globo, y si Humphrey pensaba que podría volar de nuevo.

Por fin, una vez saciado el apetito de todos los comensales, Humphrey se sacudió las últimas migas del regazo y anunció:

—Señor Jefe de las Comadrejas, le agradezco mucho el almuerzo, pero ya es hora de que volvamos. Si no le importa, cargaremos el globo y nos pondremos en marcha.

—Ah, bueno, verás —respondió este, frotándose los bigotes—, en realidad sí que hay algo que puedes hacer por nosotros. —De pronto su expresión cambió, y a Humphrey se le heló la sangre al ver aquella sonrisa malvada—. Por supuesto, para ello tendrás que quedarte un tiempo con nosotros.

---

46. Atacar... la comida, por supuesto.

CAPÍTULO 14

El fin del profesor Sapo

*En el que el profesor Sapo será desenmascarado
del modo más lamentable.*

ue uno de aquellos atardeceres largos de color malva que se alargan casi como por arte de magia, dando la impresión de extenderse más de lo debido. La estrella polar, agitando sus alas púrpura, asomaba tímidamente, como si no estuviera decidida a quitar protagonismo al día. La mariposa revoloteaba entre las viñas; la abeja seguía retozando sobre las rosas; un carrizo gorjeaba, dejándose la voz entre los arbustos.

Debería de haber sido un día perfecto. Había sido un día perfecto. Hasta aquel momento.

El profesor Sapo y el director giraron por una esquina en su paseo por el gran patio, acompañados por el sonido de la grava que crujía bajo sus pies y por la suave brisa que les acariciaba la frente.

—Como bien sabe —opinó Sapo—, el profesor Newton fue un gran hombre. No estoy diciendo que no lo fuera. Pero a veces creo que su reputación se ha… hinchado un poco con el paso de los siglos, que se le ha sacado brillo, si se quiere decir así, con el paso del tiempo. Yo, personalmente… —prosiguió, incapaz de parar, ya que siempre le había encantado oírse, pero nunca tanto como ahora que tenía opiniones que expresar ante un público entregado.

El director se acercó, interesado (aunque no demasiado, porque desde luego el físico del profesor Topo no invitaba al contacto) e intervino con numerosas frases de ánimo, como «Fascinante» o «¿Quiere decir que…?» o «Siga, siga».

Estaban sumidos en una profunda discusión sobre las leyes del movimiento de Newton cuando llegó un bedel con un telegrama.

—Profesor Sapo —anunció—, siento interrumpirle, señor, pero hay un telegrama marcado como «urgente» para usted.

—Gracias, buen hombre —contestó Sapo.

Lo abrió, mientras el director, muy discreto, apartaba la mirada y tarareaba algo, para darle al gran hombre cierta sensación de intimidad.

—¡Cielo santo! —exclamó Sapo.

—Espero que no sean malas noticias —dijo el director, preocupado.

—Es un mensaje de la Mansión del Sapo. Parece que mi sobrino, Humphrey, ha desaparecido. Es rarísimo. No va con él, eso de salir por ahí. Es un buen chico, muy responsable.

—Tiene que ir allí ahora mismo —dijo el director—. Aún está a tiempo de tomar el último tren.

—Por supuesto, por supuesto —acordó el profesor Sapo—. Pero ¿y el seminario de teoría de la astrofísica?

Los dos estaban tan enfrascados en su conversación que fueron a parar, sin darse cuenta, a uno de esos partidos espontáneos de críquet que, pese a estar estrictamente prohibidos, juegan los universitarios de vez en cuando.[47] El equipo Norte lanzó una bola rápida con efecto que salió disparada con rabia del bate del equipo Sur («¡Oh, bien jugado!») en dirección a la pareja de profesores. Y aunque los estudiantes lanzaron un grito de advertencia, y aunque los profesores podían haber visto venir la bola si hubieran estado atentos, no fue así, y la bola de críquet impactó en la cabeza del profesor Sapo y lo tumbó de lado.

¡Pobre Sapo! Víctima de las mismas leyes físicas sobra las que él

---

47. El críquet es un deporte emparentado —aunque muy, muy de lejos— con el béisbol. Es un juego antiguo, con tantas normas extrañas y complicadas que ni siquiera los árbitros profesionales las entienden todas. Se han escrito libros enteros intentando explicarlas. Y si ni ellos se ponen de acuerdo, no me pidáis que os las explique yo...

mismo estaba disertando.[48] Cayó al suelo y salió rodando, como suele pasar con los individuos de complexión ligera. Su birrete salió despedido en una dirección; sus gafas, en otra. El director, consternado, se volvió contra los estudiantes:

—¡Vosotros! ¡Fuera de aquí! ¡Ya me ocuparé de vosotros después! —Luego se giró hacia Sapo y dijo—: Oh, profesor Sapo, lo lamento tan…

El director se quedó patidifuso, observando al personaje rechoncho y conmocionado que tenía sentado ante él, en la hierba, con la toga levantada en una posición de lo más indigna y con las rodillas a la vista.

Sapo parpadeó.

—¡Pero bueno! —gritó el director—. ¿Quién es usted, hombrecillo horroroso? ¿Y qué le ha hecho al profesor Sapo?

—Director… —repuso Sapo al cabo de un momento—. Soy yo. Es decir, soy el profesor Sapo. ¿No me reconoce? Se lo demostraré, escuche: la superficie del cuadrúpedo cuyo lado sea la hipopótama es igual a la suma de las superficies de los cuadrúpedos situados sobre las otras dos artistas del pináculo.[49] Oh, vaya —dijo Sapo, perplejo—. Por algún extraño motivo eso no me suena bien del todo…

---

48. Cuando un objeto (como un sapo) recibe un impacto de una fuerza externa (como una pelota de críquet), la velocidad del sapo cambiará en proporción a la fuerza aplicada por la pelota.

49. Lo que quería enunciar era el Teorema de Pitágoras (véase la nota 27). Pero lo que dijo en realidad era un desvarío, a partir de una antigua broma inglesa que dice así: [Oh, vaya, lo siento. Mi editor me está haciendo señas para que me calle…]

El director se agachó y se quedó mirando a Sapo a la cara. Luego dio un salto atrás, atónito.

—Dios santo —espetó—. ¡Profesor Sapo, usted…, tú… eres un… «sapo»!

—Eso es verdad —admitió Sapo—. Pero lo cierto es que nunca dije que no lo fuera. —Se puso en pie, recuperó su birrete y se sacudió las briznas de hierba de la toga—. Antes era Sapo, de la Mansión del Sapo, y ahora soy el profesor Sapo, del Trinity College. A su servicio, señor —añadió, con una educada reverencia—. Por cierto, ¿ha visto mis gafas?

El director tembló, al borde de la apoplejía, y se puso morado hasta el cuero cabelludo.

—¡Un asqueroso…, nauseabundo…, miserable… sapo!

—Un momento, un momento… ¡No hay necesidad de todo eso! —respondió Sapo, ofendido.

—¡Un apestoso, repugnante y verrugoso sapo! —bramó el director.

—¡Eso es una infamia! —gritó Sapo—. Para su información, señor, no he tenido una verruga en toda mi vida.

—Siempre me he preguntado por qué no tenías barbilla, y ahora lo veo claro —añadió el director—. ¡Volved, volved aquí! —les gritó a los estudiantes—. ¡Venid y atrapad a esta repugnante y asquerosa criatura!

—¡Vaya! —gimoteó Sapo—. Eso es algo excesivo… Pero si yo solo estaba… —se defendió, y levantó la vista.

Un puñado de estudiantes se dirigía hacia allí, lanzándose sobre él, con las togas aleteando al viento como negras banderas de muerte.

—¡Puedo explicarlo todo! —dijo Sapo, que logró ponerse en pie de un salto y salir corriendo en dirección contraria—. Todo empezó cuando estaba haciendo fuegos artificiales, ¿saben? —gritó, girando la cabeza por encima del hombro y viendo al grupo de estudiantes desbocados ganando terreno.

El director, un hombre de cierta edad, seguía a la horda de lejos, pero aun así hacía gala de un buen estado de forma y no se quedaba atrás.

—¡Puedo explicarlo! ¡De verdad! —gimoteó Sapo, que, al darse cuenta de que hablando solo conseguía malgastar fuerzas, bajó la cabeza y corrió desesperado, a toda velocidad, hacia The Backs y el río Cam.

—¡Truhán! —bramó el director—. ¡Llamad al portero! ¡Llamad a la policía!

—¡Charlatán! —aullaron los estudiantes—. ¡Detened a ese sapo! ¡Pilladlo!

Sapo, que era corto de patas y redondo de torso, corrió como nunca antes. Presa del pánico, tomó sin darse cuenta el único camino sensato que le quedaba y saltó del enrejado del puente sobre el río Cam al agua, sobresaltando a los paseantes que aprovechaban las últimas horas del día.

Salió a la superficie, agitando los brazos y tosiendo. Sus perseguidores se asomaron al puente, agitando los puños y llamándole cosas imposibles de reproducir en estas páginas.

—¡Ja! —se rio, burlón—. ¡Sapo os ha dejado con un palmo de nari...! ¡Agh!

No pudo acabar la frase, ya que su toga, empapada de agua, le arrastró hacia el fondo. Agitándose y pataleando, consiguió liberarse de sus pliegues y emergió una vez más, para ver, consternado, que sus perseguidores abandonaban el puente e iban tomando el sendero junto al río, que, en realidad, era tan estrecho que bien podría considerarse un arroyo. Un simple arroyo del que un estudiante de brazo fuerte provisto con un gancho de amarre podría pescar incluso al más escurridizo de los sapos, y sin mojarse siquiera los pies.

Y aunque Sapo sentía un gran deseo de explicar sus circunstancias y ser readmitido en el cuerpo docente de la universidad (o al menos soltar algún elaborado insulto a sus perseguidores), era consciente de que lo lamentaría si se paraba a hacerlo. Así que tomó una gran bocanada de aire y, dándose impulso con una potente zancada de rana, se lanzó río abajo por el Cam, como alma que lleva el diablo.

CAPÍTULO 15

Muy malas noticias

En el que nuestros héroes se enterarán de la desgracia de Humphrey.

Aquella noche estaban reunidos frente al fuego, en la biblioteca de la Mansión del Sapo, un trío de rostros fatigados y desolados.

—Ni rastro —murmuró Topo—. Ha desaparecido, se ha desvanecido, se ha volatilizado.[50]

—Pero eso es bueno, ¿no? —dijo Rata, abatido—. Si estuviera…, si estuviera herido, o…, o algo peor…, habríamos encontrado algún tipo de rastro. —Los otros le miraron en silencio—. ¿No?

---

50. Sí, ya, ya nos hemos enterado, Topo. Queda bastante clarito.

—Lo que no entiendo —gruñó Tejón— es por qué ha desaparecido una carretilla del jardinero. Tiene que significar algo, pero no me imagino qué puede ser.

—¿Y por qué no hemos tenido noticias de Sapo? —dijo Topo—. Su sobrino, carne de su carne, ha desaparecido, y no hemos oído una palabra de él. Quizá tendríamos que enviarle otro telegrama mañana.

Se quedaron cabizbajos, con la mirada perdida en el fuego, que chispeaba alegre, ajeno al pesimismo que reinaba en la estancia.

—Hemos hecho todo lo que podíamos por hoy —decidió por fin Tejón—. Propongo que los tres pasemos la noche aquí y que mañana madruguemos para empezar de nuevo.

Tejón, criatura de costumbres, odiaba pasar la noche lejos de las comodidades de su madriguera. Sus dos amigos eran muy conscientes de ello, y enseguida entendieron que su decisión de quedarse no era más que una confirmación de su enorme preocupación.

—De acuerdo —dijo Rata, desanimado—. Pues todos a la cama.

Subieron la gran escalera hasta el ala de los invitados. Antes de entrar en su habitación, Topo se quedó mirando el silencioso cuarto de Humphrey por última vez, como si esperara que los objetos mudos cuidadosamente ordenados en su interior, el equipo de química, los numerosos libros, o incluso la cometa, pudieran revelarle de algún modo el paradero del joven.

A la mañana siguiente, los tres estaban malhumorados y fatigados debido a lo poco que habían dormido. Se sentaron en el comedor de desayunar y, a pesar de no tener mucha hambre, se comieron sus cuencos de gachas y se tomaron una taza de té con azúcar para tomar fuerzas de cara al largo día que les esperaba. Seguía sin llegar ningún telegrama, ninguna carta, nada, ni una palabra de Sapo.

—Ya es bastante que tengamos que preocuparnos de Humphrey —se quejó Ratita— como para que también tengamos que hacerlo por Sapo.

—No tenemos que hacerlo —espetó Tejón—. Me niego a preocuparme por ese cabeza de chorlito. Deja que se preocupe él por sí mismo. Nosotros solo tenemos que preocuparnos por Humphrey.

—Pero, Tejón —protestó Topo—, ¿qué podemos hacer? Hemos buscado por todas partes.

Tejón se quedó mirando a Topo con el ceño fruncido.

—No. No hemos buscado por todas partes. No hemos buscado en el Bosque Salvaje.

Topo sintió que el miedo le recorría la columna como un milpiés. Se estremeció y dijo, convencido:

—Pero seguro que él no ha ido al bosque. «Sabe» que no debe.

—Tejón tiene toda la razón —intervino Rata—. Debemos ir al bosque. No te preocupes, Topito. Tú y yo iremos uno al lado del otro. Nos armaremos hasta los dientes y nos aseguraremos de salir de allí antes de que anochezca. Es como tenemos que hacerlo. ¿No te parece, Tejón?

Tejón, que era el único de ellos lo suficientemente grande y fuerte como para moverse por el Bosque Salvaje a solas, asintió con gravedad.

Rata los condujo a la sala de armas y les entregó a cada uno un sólido garrote, una pistola y un grueso cinto donde llevarlos. Luego fueron a la cocina en busca de unos bocadillos y un frasco de té. En el momento en que estaban acabando sus preparativos, alguien llamó tímidamente a la puerta de la cocina.

—¡Humphrey! —gritó Rata—. ¡Ha vuelto! —Saltó hasta la puerta y la abrió. Pero en lugar de Humphrey apareció una andrajosa comadreja.

—¿Qué quieres? —le dijo Rata, malhumorado—. Ahora mismo no tenemos tiempo para ti. Ven en otro momento.

Topo, que unos días antes había visto a la comadreja y a Humphrey correteando por el prado con la cometa, intercedió por él, aunque no de muy buen grado:

—Entra, entra, pero di enseguida lo que tengas que decir.

La comadreja se estremeció de miedo al ver a aquella pandilla armada, temibles como un grupo de bandidos.

—*Po...*, *po favó*, señor —dijo la comadreja, con un hilo de voz—. Se supone que yo no tenía que *vení*. No se lo dirán a *naide*, ¿*verdá*?

—Habla —ordenó Topo.

—Es…, es…, es…

—Tú eres Sammy, ¿no? Venga, di. Escupe lo que sea —dijo preocupado Topo, zarandeándolo algo más fuerte de lo que quería.

El zarandeo surtió su efecto, liberando las palabras que se le habían atascado a Sammy en la garganta.

—Es Humphrey, señor Topo. Está en el Bosque Salvaje.

—¿Estás seguro? —preguntó Tejón, con un tono amenazante.

—Bueno… —murmuró Sammy—. Se supone que no tenía que *decíselo*. Puede acarrear problemas…

—Tú sí que tendrás problemas de verdad si no nos dices todo lo que sabes —le espetó Tejón, acercándose al tembloroso animal.

Sammy, ante aquella temible presencia, hizo lo único que podía hacer, y se desmayó de golpe. Se despertó unos minutos más tarde y encontró a Topo dándole aire con una servilleta.

—Vamos, vamos —dijo Topo, conciliador—. El señor Tejón no quería asustarte. —Y lanzó una mirada de advertencia a Tejón, que estaba sentado, impasible, donde había sido desterrado por Topo—. Ahora levanta… Buen chico. Bébete esto y cuéntanos todo lo que sepas.

Le puso una taza de té con leche caliente junto a la pata y le animó a que se lo bebiera todo. Tras unos sorbos, Sammy estaba ya más recuperado y, sin dejar de echar alguna mirada de preocupación que otra a Tejón, por fin pudo proseguir con su relato.

—Humphrey y yo teníamos un plan —dijo—. Se trata del globo del señor Sapo, que fue a *caé* en medio del Bosque Salvaje.

—¡Vaya por Dios! —exclamó Topo, que habría deseado que la conversación hubiera tomado cualquier otro derrotero menos aquel.

Sammy asintió.

—Sí, *señó*. Así es. Íbamos a traerlo aquí con Humphrey y repartirnos la recompensa *ofrecía* por el señor Sapo. Por la *mitá*, como buenos amigos. Pero el globo es enorme y pesa un montón, así que cogimos una carretilla —añadió enseguida—. Solo la cogimos prestada, ya me entiende. Íbamos a devolverla. Pero cuando *lleguemos* al globo, el Jefe de las Comadrejas y el Suboficial Armiño estaban esperándonos.

—Pobre Humphrey —exclamó Rata—. Debió de llevarse un susto.

—No, señor —respondió Sammy—. Se portaron *mu* amablemente. Dijeron que éramos sus invitados y eso. Entonces nos hicieron *too* tipo de preguntas sobre el globo, y sobre si Humphrey podía *hacé* que volara. «Claro que sí», les dije. Que mi amigo Humphrey lo sabía *too* sobre globos, inventos y cosas así —añadió Sammy, orgulloso—. Eso les dije.

—Eso les dijiste —respondió Tejón, con una voz tan baja como temible—. Mira qué bien.

Sammy se puso pálido y se tambaleó ligeramente.

—Tejón —murmuró Topo—. Haz el favor de dejarme manejar esto a mí. Sigue, Sammy. No le hagas caso al señor Tejón.

—En…, entonces le preguntaron qué necesitaría *pa* arreglarlo.

Dentro de poco será el cumpleaños del Jefe de las Comadrejas, y dijo que le gustaría mucho celebrarlo con un paseo en globo. Fueron *mu* educados y amables, e insistieron en que nos quedáramos a *comé*, y el almuerzo fue realmente estupendo. Y luego…, y luego…, cuando llegó la hora en que teníamos que volver… —dijo, y empezó a gimotear.

—Sigue —le apremió Topo.

Sammy estalló en un mar de lágrimas.

—Entonces dijeron que tenía que quedarse. Dijeron que tenía que arreglarlo. ¡Tenía que conseguir que volara, o no le dejarían marcharse!

CAPÍTULO 16

El regreso de Sapo

*En el que Sapo, que tiene que encontrar el camino de vuelta a casa,
con una capacidad mental limitada, tendrá un encontronazo con la ley.*

Sapo soñó que estaba de vuelta en la Mansión del Sapo. Soñó que estaba durmiendo en su cama de plumas, envuelto en un acogedor ovillo de finas sábanas de hilo. Soñó que el heno no le rascaba al colarse por el interior de sus mangas y por el cuello, que no le picaba tremendamente todo el cuerpo, que no sentía cosquillas en la nariz ni una tremenda necesidad de estornudar. Pero al igual que el resto de los sueños, aquel tenía que acabar. Se despertó estornudando y se encontró sobre un montón de heno. De hecho, las pajitas se le iban colando por dentro de la camisa, y le picaba todo horriblemente.

—¡Maldición! —gruñó, bostezando y rascándose a la vez—. ¡Qué lata!

Levantó su rechoncha figura del heno e intentó quitarse aquello de la ropa sacudiéndosela.[51] La noche anterior, subirse al montón de heno le había parecido una idea estupenda. Ahora ya sabía que había sido una idea terrible. Se rascó furiosamente y miró a su alrededor en la penumbra. La casa del granjero, a lo lejos, mostraba señales de vida, y le pareció distinguir el ladrido de un perro, ansioso por salir al exterior. Una bestia babosa, sin duda, que zamparía sapos de un bocado.

Salió corriendo por el campo.

A mediodía, Sapo, fatigado, avanzaba por un camino polvoriento con el sol cayéndole encima, implacable, como el martillo del herrero sobre el yunque. Hasta ese momento siempre había considerado el sol como su amigo, un estupendo compañero de los meses de verano, que siempre le parecían muy breves. Pero ahora desplegaba toda su ira sobre él, con furia tropical, burlándose de su tortuoso avance hacia casa. Nunca en su vida había pasado tanta sed ni tanto calor. ¡Lo que daría por un poquito de lluvia, si la lluvia pudiera pedirse a la carta! ¡La mitad de su fortuna, sin duda! Nunca en su vida había tenido tanta hambre ni se

---

51. Los que hayáis pasado una noche en un pajar sabréis que eso es prácticamente imposible. Pero para los que no lo hayáis hecho, bueno, pensad en la última vez que os hayáis cortado el pelo y se os hayan colado pelitos por la nuca. Luego multiplicad eso por… diez mil, y os haréis una idea.

había sentido tan cansado. ¡Lo que daría por una simple taza de té y un humilde huevo frito con pan! El resto de su fortuna, desde luego. Por fin llegó a una carretera, donde vio un cartel indicador. A la izquierda quedaban Retchford y East Retchford; a la derecha, Wopping Crudworth. Ninguno de los nombres le resultaba familiar.

—¡Ya está bien, esto es demasiado! —gritó.

Agitó el puño hacia el sol y gritó una serie de improperios irreproducibles, ordenándole que se fuera a paseo. Pero el sol no le hizo caso.[52]

—¿Por qué yo? ¿Por qué yo? —bramó.[53]

Se tiró al suelo y golpeó el ardiente polvo con los puños, pataleando y rodando por el suelo de modo patético, llorando a la vez de rabia. Nada de todo aquello le hizo ningún bien. Al cabo de unos minutos se dio cuenta de que estaba dando un espectáculo y se irguió, cubierto de polvo de cabeza a pies, con un aspecto fantasmagórico.

—Piensa, sapito —murmuró—. Piensa, piensa, piensa.

El profesor Sapo no habría tardado nada en analizar la situación y resolverla, pero daba la impresión de que el profesor Sapo había desaparecido para siempre, y había dejado en su lugar al señor Sapo de siempre, que se había pasado la vida evitando en lo posible tener que pensar en

---

52. El sol es así.

53. La respuesta a esta pregunta es, por supuesto: «¿Por qué no tú?». La vida, sencillamente, no es justa, y cuanto antes lo aceptes, más fáciles resultarán las cosas.

nada. Se concentró por un momento, pero la concentración le supuso un esfuerzo tal a su pobre cerebro que le entró dolor de cabeza.

—Me duelen la cabeza y los pies, y el estómago me hace tanto ruido que no puedo oír ni mis pensamientos. Pero si no encuentro una salida, me quedaré aquí para siempre. Me encontrarán dentro de muchos años, los restos marchitos de un sapo. Desde luego, es demasiado.

Se planteó el problema. ¿Qué haría Topito en su lugar? ¿Qué haría Ratita? ¿Qué haría Tejón…? No, no, Tejón no, pensó, estremeciéndose. Mejor no intentar meterse en la mente de Tejón; a saber que podría encontrar dentro. Pero Topo y Rata, sus queridos amigos, sus compañeros de siempre, ¿qué consejo le darían? Antes de que se diera cuenta, se encontró pensando a fondo en aquello. Y al cabo de unos momentos las voces de sus amigos le susurraron la respuesta en el interior de su mente: «Tienes que encontrar el río, Sapo. No cualquier río, sino "el río". Encuéntralo, y te mostrará el camino a casa».

Sapo se puso en pie de un respingo.

—¡Por supuesto! —exclamó—. ¡Eso es! Qué sapo más listo que soy. Pues bueno, encontraré el río…

Miró a su alrededor en busca de algún indicio que le indicara el camino, pero desgraciadamente no había ninguno. Frunció el ceño y pensó un poco más. Podía sentarse a esperar que pasara alguien, pero se arriesgaría a que le tomaran por un fugitivo. Podía escoger una dirección al azar y seguirla en línea recta, pero se arriesgaba a separarse aún más de su hogar. Echó un vistazo al muro de piedra al otro lado del camino, que tenía unos peldaños de madera.[54] La voz de Ratita le resonó en la cabeza: «Venga, Sapo, súbete a lo alto del muro».

—Pero hace calor —gimoteó Sapo—. Y estoy cansado. ¿Para qué voy a agotarme con el calor que hace?

«Desde ahí arriba podrás ver el campo, bobo —le regañó la voz de Topo—. Venga, mueve esas patas.»

—Está bien, de acuerdo —accedió Sapo, a regañadientes.

Primero miró hacia un lado, y luego hacia el otro, como se debe hacer. No vio ningún automóvil ni peatón, de modo que cruzó al trote y trepó por los peldaños. Resoplando, inspeccionó el entorno. ¿Y qué vio?

—Nada —se lamentó—. Vaya una m…[55]

Es decir, que no había río. Había kilómetros y kilómetros de campos que se extendían de un horizonte al otro, pero ni rastro del río.

—Nada de nada —gimoteó.

Y sin embargo…, sin embargo…, ¿no flotaba algo en el aire? ¿Algo… familiar? ¿No era aquello un leve rastro —casi era más una sensación nostálgica que un olor en sí mismo— de algo que conocía? Sapo olisqueó

---

54. En Inglaterra, algunos muros usados para separar campos tienen peldaños integrados en la piedra para que los granjeros puedan pasar de un lado al otro.

55. Desde luego, no hay excusa para hablar tan mal, aunque uno esté completamente solo..

el aire en dirección a los diferentes puntos cardinales. Si hubiera tenido la suerte de haber nacido con bigotes, le estarían temblando como hilos al viento.

¡Sí! Ahí estaba otra vez. Era un mínimo rastro, el atisbo de un aroma que recordaba vagamente el fango, el pantano y los ricos sedimentos minerales. Volvió a olisquear. En lo más profundo de su ser se despertó un instinto primitivo, sintió una vibración, una sensación arcana que le acercaba algo más a la seguridad de su hogar.

¡Sí! ¡«El río»! Estaba seguro. Venía de allí delante, colina abajo.

—¡Ojo! —gritó—. ¡Lo he conseguido! Mi casa está hacia allí. Lo siento en los huesos. ¿Soy o no soy el más listo de todos los sapos? ¡Vaya si han tenido suerte de contar conmigo en Cambridge! ¿No soy el sapo más brillante y con más talento de todo el mundo? Por no decir atractivo. Y modesto.

Y con aquellas y muchas otras manifestaciones ridículas de su propia soberbia, se dispuso a atravesar los campos a paso ligero, con fuerzas renovadas, animado por su vanidad y su engreimiento, rebosante de confianza en sí mismo; el hambre y la fatiga quedaron eclipsadas por el nauseabundo baño de autocomplacencia que se había dado.

Dos veces tuvo que esconderse entre los matorrales para ocultarse de la vista de extraños, lo que le bajó los humos un poquito, pero enseguida llegó a un pueblo. Las calles estaban extrañamente tranquilas y desiertas, y pudo abrirse paso entre las casas y las tiendas hasta llegar por fin a la oficina de correos, donde, pegado a una columna para que todo el mundo lo viera, había un cartel con el rostro de un sapo. Encima, en grandes letras impresas, decía: SE BUSCA. Y debajo, en letras igual de grandes, se podía leer FUGITIVO. La letra pequeña decía: «POR EL ROBO DE UN AUTOMÓVIL; POR CONDUCCIÓN TEMERARIA; POR ESCAPAR DE LAS MAZMORRAS DE SU MAJESTAD DISFRAZÁNDOSE DE LAVANDERA; POR PROFERIR GRAVES IMPERTINENCIAS A LA POLICÍA RURAL; Y POR MUCHOS OTROS EJEMPLOS DE UNA CONDUCTA INACEPTABLE, DEMASIADO NUMEROSOS PARA SER MENCIONADOS AQUÍ».

Sapo se detuvo de golpe. Se acercó algo más y se quedó mirando el cartel con curiosidad.

—¡Cielo santo! —exclamó, frunciendo el ceño—. ¡Vaya tipo más desagradable! ¡Da miedo solo de verlo! Un claro exponente de la clase criminal, con esos ojos hinchados, esas mejillas rechonchas, esa frente baja. Y el cuello es inexistente. Más vale que vaya con cuidado. No me gustaría nada cruzarme con un delincuente como ese.

Rodeó el parque del pueblo. Estaba a punto de dejar atrás la iglesia de piedra cuando las puertas se abrieron de par en par y una espléndida música de órgano lo llenó todo. Los magníficos arpegios.[56] inundaron la

---

56. Si tus padres te han obligado a estudiar piano, olvida esta nota. Si no, un arpegio es la descomposición de un acorde en sus diversas notas, tocadas una tras otra en lugar de todas a la vez.

calle, superponiéndose unos a otros como en una cascada. Sapo apenas tuvo tiempo de esconderse tras las hortensias antes de que la alegre comitiva de boda emergiera de la iglesia acompañada de un clamor de buenos deseos y de puñados de arroz lanzados al aire. Los novios aparecieron, con sus resplandecientes trajes de boda, seguidos por los padres de la feliz pareja.

El padre del novio tenía algo que le resultaba remotamente familiar a Sapo. ¿Dónde había visto aquella frente surcada de arrugas? ¿Qué era lo que tenían aquellas pobladas cejas que le infundían terror? ¿Y aquella nariz aguileña, como la proa de un barco? Entonces le vino a la mente. Era el magistrado que le había observado desde lo alto del estrado y le había sentenciado a veinte años por diversos delitos y faltas.

¡Pobre sapo infeliz! ¡Pobre criatura desafortunada! Si le pillaban ahora, le enviarían de vuelta a la mazmorra más lúgubre de Inglaterra, y le añadirían diez años de condena por su audaz huida. Pasaría allí el resto de sus terribles días, cada vez más pálido y lánguido, durmiendo sobre un montón de paja húmeda y mohosa, comiendo mendrugos rancios y bebiendo agua salobre, un año tras otro. Nunca volvería a ver su adorado hogar, ni a compartir un picnic con Rata en la soleada Orilla del Río, ni a disfrutar de una copita de jerez con Topo frente al fuego del hogar, ni a recibir reprimendas de Tejón por sus supuestos defectos.

Soltó un gritito ahogado de miedo y se ocultó tras los matorrales.

Nada que ver con el henchido y engreído sapo de un minuto antes: en su lugar parecía haber un animal timorato y acobardado, postrado en la tierra. Se tapó los ojos, esperando que lo agarraran por el pescuezo en cualquier momento.

Pasaron los segundos. Y, curiosamente, la pesada mano de la ley no cayó sobre Sapo, que levantó la cabeza poco a poco y miró alrededor. Por pura suerte, la pareja de recién casados, con su comitiva tras ellos, había girado a la izquierda al salir de la iglesia, en lugar de a la derecha, y había salido por el otro lado en dirección al desayuno de bodas.[57]

Se puso en pie y al momento entendió que, una vez más, había escapado de la ley gracias a su astucia y su arrojo.

—Bueno —dijo—, nunca conseguirán vencer a Sapo. Lo intentan una y otra vez, pero aún no han visto la mejor versión de Sapo.[58]

Se dirigió a la parte trasera de la iglesia y siguió un trecho por un sendero; luego descubrió un posible atajo a través de un elegante jardín, casi tan elegante como el suyo de la Mansión del Sapo. Se coló por el laberinto de setos y rodeó una fuente y un pequeño estanque en el que nadaban tranquilamente un grupito de cisnes. Iba avanzando

---

57. En Inglaterra, el banquete de bodas se llama «desayuno de bodas», aunque sea en realidad un almuerzo. Sí, ya sé que suena raro.

58. Sapo habla de sí mismo en tercera persona. Eso es algo absolutamente insufrible, que no debe hacerse nunca. ¡Nunca!

de puntillas por el jardín cuando, horrorizado, descubrió que las voces se le acercaban: había ido a parar a los jardines donde se celebraría el desayuno de bodas. Aterrorizado, buscó donde ocultarse, pero no lo había; estaba en medio de un gran campo de hierba, vacío salvo por una serie de estatuas de estilo clásico y un estanque decorativo en el que ni siquiera podría ocultarse un pez de colores.

Estaba condenado.

Y entonces, sin aviso previo ni justificación alguna, la inspiración le cayó del cielo y penetró en su grueso cráneo. Es decir, que de pronto Sapo tuvo una buena idea. Aún cubierto por el fino polvo gris acumulado en su desgraciado deambular por la carretera, encontró un pedestal [59] vacío junto al estanque. Se subió a él de un salto, adoptó una pose y se esforzó por no parpadear.

El magistrado resultó ser un amante del arte. Se paseó por el jardín e inspeccionó las diversas estatuas: una ninfa vertiendo agua de un ánfora; Poseidón surgiendo de entre las olas; un cervatillo a punto de saltar… Y, junto al estanque, un sapo.

El magistrado lo examinó de cerca y dijo:

—¡Qué sapo más realista! Me recuerda a aquel individuo horrible que robó un automóvil.

---

59. Pedestal: la base sobre la que se sitúa una estatua.

—Muy realista —coincidió su esposa, situándose a su lado—. Podríamos enterarnos del nombre del escultor y conseguir uno para nuestro jardín. ¿Te gustaría, cariño?

—Cielos, Lillian —respondió él, con un escalofrío—, ya tuve bastante con tener que ver su horrible rostro en el juzgado. No, no, querida. Me gusta nuestro jardín tal como es.

El magistrado y su señora se cogieron del brazo y se alejaron de allí paseando. Sapo, que había estado conteniendo la respiración todo aquel rato, no se podía creer lo que había oído. ¿Horrible? ¡¿Horrible?! Pero si era el sapo más atractivo de toda Inglaterra, ¿no? Su propio espejo se lo confirmaba a diario. Sin duda, el magistrado se había equivocado. Sí, tenía que ser eso; el viejo bobo le había confundido con algún otro sapo.

—Viejo estúpido —murmuró desde su pedestal—. Tendría que bajar ahí y darte unas cuantas bofetadas, a ver si recuperas el sentido común.

—¿Qué ha sido eso? —dijo el magistrado, dando media vuelta—. Juraría que he oído una voz. Se parecía muchísimo a una voz que he oído antes. Sonaba como la de aquel horrible sapo. Te hablé de él, ¿verdad, Lillian? Un rufián insensible. Un bribón incorregible. Robó un automóvil y lo condujo imprudentemente, con lo que puso en peligro a los transeúntes. Uno de los tipos más babosos y desagradables que he tenido la mala suerte de tener frente al estrado.

¿Baboso? ¡¿Baboso?! Primero el director le había llamado

«verrugoso». ¿Y ahora el magistrado le llamaba «baboso»? Aquello era demasiado. Aun así, haciendo un esfuerzo supremo por contenerse, la estatua se mordió la lengua y permaneció muda, como suelen hacer las estatuas.

—Espero que le dieras su merecido, querido —dijo la esposa del magistrado.

—¡Oh, sí, se llevó lo suyo! Una criatura vil y malvada, Lillian. De la peor calaña.

La falsa estatua se mantuvo quita, inmóvil, como suelen hacer las estatuas, recordando los momentos pasados en la mazmorra más horrenda del mundo.

El magistrado frunció el ceño sin dejar de mirar la estatua y dijo:

—Hmm, esto sí que es raro. Habría jurado que la expresión facial de la estatua era diferente hace apenas unos instantes. Antes no tenía ningún atractivo, pero ahora diría que parece… como desquiciada. Es como si estuviera a punto de explotarle una válvula. Qué raro.

—Por Dios, cariño —intervino su mujer—. No sé cómo puedes tratar con esa gentuza todo el día. Debe de ser muy duro, pero no le des más vueltas. Vamos a tomar un poco más de pastel, ¿te parece?

—Una idea excelente —dijo él, y se dirigieron hacia el pabellón.

Sapo soltó el aire retenido durante tanto tiempo con un gran soplido.

—¡Vaya! —exclamó, jadeando—. ¿Qué he hecho yo para merecer un trato tan injusto? ¡Yo, que soy el más inocente de los sapos, el más sensato! ¿Qué culpa tengo yo si la gente deja sus automóviles por ahí? ¿Qué culpa tengo yo de ser un sapo nacido para sentir la velocidad? Así es como me hicieron. ¿Por qué insiste el mundo en atormentarme? Es de lo más injusto.[60]

Se deslizó bajo un seto y se replanteó su situación. Si no hubiera sido por la noticia de Humphrey, aún estaría cómodamente instalado en sus aposentos de la universidad, discutiendo sobre la vida, el universo y todo lo demás, compartiendo el don de su impresionante intelecto con todo el mundo.

De pronto se dio cuenta de que no había pensado ni por un momento en su sobrino. Había estado tan ocupado, primero admirándose de su propia inteligencia y luego compadeciéndose de sí mismo, que no había dedicado ni un momento a pensar en el paradero o la seguridad del pobre chico. ¿Dónde estaría Humphrey en aquel momento? ¿Tendría hambre? ¿Se sentiría solo? ¿Estaría asustado? ¿Quién le estaría cuidando, asegurándose de que tuviera sus gachas para desayunar y su té a media tarde? Quizá le hubiera raptado una banda de rufianes, ninguno de los cuales se tomaría la molestia de leerle un cuento al acostarse.[61]

---

60. ¿Recuerdas la nota 54? ¿La de que la vida es injusta?

61. Según parece, a Sapo se le pasaba por alto que su sobrino sabía leer estupendamente (de hecho, mucho mejor que el propio Sapo) y que era más que capaz de leerse sus propios cuentos.

¡A lo mejor había salido a pasear y había caído en arenas movedizas! ¡O le había pillado un tornado o un maremoto! ¡O se había encontrado con un cocodrilo o una pitón! Y luego estaba el sarampión, las paperas, los flemones… Los numerosos peligros que acechaban a un sapo de tan tierna edad como Humphrey eran demasiado horribles como para planteárselos siquiera. Sapo sintió alternativamente oleadas de miedo por el bienestar de su sobrino y de vergüenza por su egocentrismo.

Tras sentir remordimientos durante tres minutos enteros (algo nunca visto, en su caso), decidió:

—Bueno, anímate, Sapito. Así no le ayudas en absoluto. No, tienes que llegar a casa, encontrar a Ratita, a Tejón y a Topo. Ellos sabrán qué hacer. Pero primero necesitarás algún sustento, o no lo conseguirás.

Los invitados a la boda estaban abandonando el lugar, y los criados estaban limpiando los restos de la fiesta. Había aún mucha comida y bebida, si Sapo empleaba el sentido común. El criado y la sirvienta que limpiaban un extremo del pabellón estaban demasiado ocupados flirteando e intercambiando comentarios pícaros como para darse cuenta de la figura rechoncha y bajita que se colaba bajo uno de los manteles. Esperó a que se rieran a carcajadas con alguna ocurrencia privada y en aquel momento, con la rapidez del rayo, agarró una botella medio llena de champán, un trozo de tarta y un puñado de canapés, y volvió a resguardarse bajo el seto tan rápido como le permitieron sus pies.

CAPÍTULO 17

Una mala educación sorprendente

En el que las negociaciones se torcerán,
y nuestros héroes trazarán un plan de rescate.

Topo se reunió en la biblioteca con Rata y Tejón.

—Yo propongo que entremos en el Bosque Salvaje al asalto, con palos y garrotes, y simplemente nos lo llevemos —propuso Tejón.

—¿Y si Humphrey resulta herido? —objetó Topo—. ¿Y si todos sus clanes se han aliado? No podríamos enfrentarnos a tantos.

—Entonces enrolaremos a las nutrias —dijo Tejón—. Y estoy seguro de que encontraríamos a más habitantes de la Orilla del Río que se apuntarían en caso necesario.

—Pero ¿«por qué» lo han secuestrado? —insistió Topo—. Ya sé que se acerca el cumpleaños del Jefe de las Comadrejas, pero quizás en realidad se trate de otra cosa. A lo mejor lo que quieren es que Sapo pague un rescate. A lo mejor quieren que «nosotros» paguemos un rescate.

—Pero no ha habido ningún mensaje pidiéndolo —alegó Tejón—, y ninguno de nosotros tiene dinero. Por lo menos, nada comparable con el dinero de Sapo.

—Es cierto. No tengo mucho dinero —dijo Rata—. Aunque… supongo que mi barca de remos algo valdrá. Me pregunto si la aceptarían como pago —añadió, vacilante, frunciendo el ceño, puesto que le tenía mucho cariño a su barquita azul y blanca, y aunque se desprendería de ella si con ello recuperaban a Humphrey, hacerlo supondría el final de sus días de navegante. Y aquello sería un duro golpe.

—No te preocupes, Ratita —repuso Topo, apresurándose a tranquilizar a su amigo—. Estoy seguro de que no les interesa tu barca. No les sirve de nada en medio del Bosque Salvaje.

La Rata soltó un discreto suspiro de alivio.

—¿Y dónde está Sapo? —gruñó Tejón—. Si ha recibido el telegrama, debería haber llegado hace días.

—¿Creéis que deberíamos formar un equipo de exploración que fuera a buscarlo? —propuso Topo.

—No —dijo Tejón—. Es mejor que no nos dispersemos. Además,

¡quién sabe dónde estará! Podría estar en cualquier parte. Y recordad que no es el animal más útil al que recurrir en tiempos de crisis. Más bien al contrario: quizá nos arreglemos mejor sin él.

Los otros asintieron, a su pesar, y fijaron la vista en el fuego.

—Yo creo —dijo por fin Topo— que deberíamos intentar hablar con los pobladores del bosque, o por lo menos enviarles una carta y descubrir qué hay detrás de todo esto. Luego podríamos negociar la liberación de Humphrey. ¿Qué decís?

—Yo lo que digo es que entremos con porras y les enseñemos lo que vale un peine —propuso Tejón.

—No —respondió Rata—. Topito tiene razón. Enviémosles una carta. Necesitamos más datos. Así luego podremos trazar un plan como es debido.

Topo buscó y encontró una pluma y papel de carta con el membrete «Mansión del Sapo» en elegante caligrafía.

—Ahí está —dijo—. Ya empiezo yo, pero vosotros dos tendréis que ayudarme. Mmm…, veamos, veamos. ¿Cómo empiezo? Oh, ya lo tengo: «Estimado Jefe de las Comadrejas». ¿Qué tal?

—Añade también «y Suboficial Armiño» —propuso Rata—. No queremos que se nos ofenda. He oído que últimamente manda mucho.

Una hora más tarde, Topo había acabado la carta, y todos la firmaron. Decía así:

Estimados señores Jefe de las Comadrejas y Suboficial Armiño:

Sabemos que tienen a Humphrey en su poder. Esperamos que lo mantengan sano y salvo. Si lo liberan enseguida, perdonaremos y olvidaremos el asunto.

Les rogamos respondan cuanto antes.

Atentamente,

TOPO, TEJÓN y RATA DE AGUA

P. D.: Por favor, asegúrense de que se cepilla los dientes. Gracias.

La respuesta llegó al día siguiente, laboriosamente garabateada en lápiz grueso:

Nos asunto buestro por qué nos llebamos al chaval. ¿Perdonar y olbidar? Va a se que no. Tejón tiene mucha memoria.

Atentamente,
JEFE DE LAS COMADREJAS y SUBOFICIAL ARMIÑO

P. D.: Pos claro que nos encargamos de que se cepille los dientes. ¿Qué os creéis? ¿Que semos salvajes?

Tejón se enfureció al leer la respuesta. Topo cogió su pluma y dijo:

—Muy bien. Ofrezcámosles la zanahoria. —Y escribió:

Estimados Jefe de las Comadrejas y Suboficial Armiño:

Acusamos recibo de su carta, aunque no ha resultado especialmente aclaratoria en cuanto a la lamentable situación que nos ocupa.

¿Es un rescate lo que buscan? Podemos ir al banco y pedir un préstamo de cinco libras. Eso debería ser más que suficiente para pagar la libertad del chico. Esperamos que acepten esta oferta, extremadamente generosa. Es más de lo que merece cualquiera de ustedes.

Atentamente,

TOPO, TEJÓN y RATA DE AGUA

—Y ya puestos, ¿por qué no les prometemos a todos unas vacaciones en el sur de Francia? —protestó Tejón, que, aun así, firmó la carta.

Llegó la respuesta:

Ninguno de vosotros bale sinco libras y too el mundo lo sabe. No queremos dinero, listillos.

Atentamente,
JEFE DE LAS COMADREJAS y SUBOFICIAL ARMIÑO

Tejón soltó un rugido ante la impertinencia de aquella respuesta. Rata se puso furioso. Topo soltó un bufido, pero, aun así, volvió a coger la pluma.

—Muy bien —decidió—. Se acabó lo de la zanahoria. Es hora de usar el palo.

Estimados Jefe de las Comadrejas y Suboficial Armiño:

Miren, puñado de gamberros, ya estamos hartos de esa conducta impresentable, y esperamos que cejen inmediatamente en su comportamiento. Suelten a Humphrey enseguida, o haremos que lo lamenten. Y va en serio.

Atentamente,

TOPO y RATA

P. D.: Tejón se niega a firmar; está enfadadísimo.

Llegó la respuesta:

¡Oohhh, mira qué miedo!
Atentamente,
QUIEN YA SABÉIS

Esta vez, el descaro y la mala educación de la carta hicieron que Topo, que solía mostrarse tranquilo, se pusiera hecho una furia.

—¡Bueno, desde luego esto no ha servido para nada! —gritó—. Y es todo culpa mía. Yo soy el idiota que lo sugirió. ¡Qué tonto he sido!

Esta vez fue Tejón quien calmó a su amigo:

—Bueno, Topo, no te alteres. De hecho nos hemos enterado de algo útil. Ahora sabemos que no quieren un rescate.

—Entonces, ¿quieres decir que todo este jaleo es solo para reparar el globo? —reflexionó Rata—. Me parece muchísimo lío solo para una fiesta de cumpleaños.

—Creo que ya sé lo que necesitamos —dijo Tejón, con un brillo en los ojos—. Creo que necesitamos… un espía.

—¿Un espía? —exclamó Topo.

—Pero ¿quién? —dijo Rata.

—Uno de nosotros —propuso Tejón—, disfrazado.

—¿Disfrazado de qué? ¿O de quién?

—De algún tipo de comerciante —respondió Tejón—. De alguien que pueda atravesar el Bosque Salvaje. De alguien que estén acostumbrados a ver. Posiblemente un calderero.[62]

—¡O un frutero! —propuso Rata.

—¡O una lavandera! —exclamó Topo.

A Tejón le gustó aquella propuesta:

—¡Excelente idea, Topo! Especialmente si Sapo aún conserva su viejo disfraz. Bueno, veamos, si aún lo guarda, ¿dónde puede estar?

---

62. Calderero: comerciante ambulante que va reparando ollas y cazos. Hoy en día no se ven muchos, pero antes eran muy habituales. Será que hoy en día las ollas y los cazos son más sólidos.

—Me parece que ya lo sé —anunció Rata—. Hay arcones llenos de ropa vieja en el desván. La guarda para usarla en representaciones teatrales.

Tras una hora de búsqueda, dieron con una serie de baúles cubiertos de polvo y telarañas. No había ni rastro del disfraz de lavandera de Sapo, pero en los baúles encontraron toda una colección de disfraces: sombreros de copa, viejas levitas e incluso una serie de pelucas de otro siglo comidas por la polilla. Un cofre contenía una bonita colección de joyas artificiales, pulseras de un metal indeterminado, cadenas de un oro dudoso y largas ristras de perlas falsas. Entre estornudos y ataques de tos, los tres se llevaron el botín a la biblioteca.

—¡Dios mío! —dijo Topo—. Qué interesante…, ¡at-chís!…, montón de cosas. ¿De dónde creéis que habrá sacado Sapo todo esto?

—De sus antepasados —repuso Rata, que sentía que la nariz le goteaba de forma alarmante.

Tejón tiró de un viejo vestido con un chal con flores que había en un arcón y levantó ambas cosas para contemplarlas.

—Esto serviría para disfrazarse de gitana. La pregunta es: ¿quién va a interpretar el papel?

Se quedaron mirando unos a otros. La idea, tan atractiva en teoría, tomaba un cariz diferente ahora que llegaba el momento de la decisión.

—Es un poco como lo de poner el cascabel al gato, ¿no? —señaló Tejón, secamente.[63]

Rata se quedó mirando el disfraz y dijo:

—Bueno, Tejón, es imposible que ninguno de estos disfraces te quepa, así que supongo que está entre Topo y yo.

_____

63. ¿Recuerdas esta historia de cuando eras pequeño? ¿La de los ratones que decidían que el mejor modo de protegerse del gato sería que uno de ellos le pusiera un cascabel en el collar? Todos estaban de acuerdo en que era un plan brillante, hasta que llegó el momento de buscar a un voluntario para llevarlo al cabo…

Topo tragó saliva y el pelo del cogote se le erizó. Esperaba que ninguno de sus amigos lo notara.

—Y, Topito —prosiguió Rata—, dado que la última vez lo pasaste tan mal en el Bosque Salvaje, creo que debería ser yo quien vaya.

Topo tragó saliva de nuevo, esta vez de gratitud.

—Además —añadió Rata—, siempre he querido disfrazarme de gitana. ¡Yo, por ahí, viviendo la vida bohemia! A lo mejor incluso puedo leerle la mano a alguien.

—Esto no es un juego. Es un asunto muy serio —le recordó Tejón, atravesándolo con la mirada.

—Ratita, prométeme que tendrás cuidado —dijo Topo, nervioso.

—Por supuesto que lo tendré —contestó Rata—. No te preocupes por mí, Topito. ¡No estás hablando con Sapo!

—Ahora ya es demasiado tarde para hacer nada —decidió Tejón—. Empezaremos mañana, con la primera luz del día. Vamos todos a la cama. Necesitamos descansar bien. En especial tú, Ratita.

Pero precisamente aquella noche, de entre todas, fue la que Rata menos durmió, porque, a pesar de su decidido planteamiento, sabía que la misión era muy peligrosa. Se pasó la noche dando vueltas en la cama, sin apartar la mirada del implacable avance de las agujas del reloj.

CAPÍTULO 18

La vieja gitana

En el que seguiremos a Ratita por el Bosque Salvaje
y sabremos que algunas comadrejas no son tan listas como debieran.

Rata por fin se durmió, justo cinco minutos antes de que Tejón le zarandeara para despertarlo. Entre bostezos y protestas, se dejó llevar a la planta baja y sus amigos lo vistieron con las viejas ropas: una falda hasta el suelo de terciopelo raído con numerosos remiendos, el chal rematado con flores y varios brazaletes baratos que hacían ruido al repiquetear unos con otros. Y, para rematar el atuendo, le colocaron un pañuelo de seda de colores atado alrededor de la frente y unos voluminosos pendientes de oro falso.

Topo y Tejón se echaron atrás y contemplaron su vistosa creación.

—No te reconocería ni tu madre —anunció Tejón—. Estás perfecto.

—Espera —dijo Topo.

Corrió hacia la sala de las armas y volvió con una pistola y una brújula y, sin mediar palabra, se las tendió a Rata, que se las metió en los bolsillos, para a continuación seleccionar un garrote para llevar a modo de bastón y, si fuera necesario, usarlo a modo de porra.

Aún era oscuro cuando salieron en fila india, cada uno enfrascado en sus pensamientos. Cuando llegaron a las estribaciones del Bosque Salvaje, los pajarillos ya anunciaban la llegada del día.

Tejón dio las instrucciones de última hora:

—Recuerda, Ratita, debes volver antes de que oscurezca, o las cosas se podrían poner muy mal.

Topo estaba callado y apesadumbrado, tan preocupado por su amigo que no podía ni hablar.

—Intenta no preocuparte demasiado, Topito —dijo Rata—. No me pasará nada.

Se dieron la pata muy serios. Rata dio media vuelta y se encaminó hacia el bosque. Sus amigos se quedaron mirando en silencio, con la vista fija en aquella figura vestida de alegres colores que iba haciéndose cada vez más pequeña hasta que por fin desapareció, engullida por las impenetrables sombras del Bosque Salvaje.

Para cuando Rata llegó a las profundidades del bosque, ya se había transformado. Cojeaba ligeramente, como si le dolieran las articulaciones, e iba curvado como un gancho; se movía despacio, apoyándose en el garrote.

De pronto, de detrás de un árbol apareció un armiño joven y desgreñado que le gritó:

—¡Alto! ¿Quién va?

—Vaya —murmuró Rata—, eso desde luego es original...

—¿Qué ha dicho? —le gritó el centinela.

—He dicho que me llamo Serafina Original.

—Qué nombre *má* raro —dijo el armiño—. Bueno, ¿y cuál es la contraseña?

—¿Contraseña? No tengo ninguna contraseña. No soy más que una vieja gitana, ¿o es que no lo ves? Y además, jovencito, es de muy mala educación hacer comentarios sobre el nombre de las personas.

El centinela parecía avergonzado, y rascó nerviosamente el suelo con la pata.

—Lo siento —se disculpó.

—Está bien —respondió la gitana, con amabilidad—. ¿Y tú cómo te llamas?

—Digby, señora.

—¿Me llevas a tu campamento, Digby? Porque he tenido la visión de una magnífica máquina voladora oculta en el bosque. ¿Tú sabes algo?

—¿Que si sé de ella? ¡Vaya si sé! —dijo el centinela, henchido de orgullo—. No solo sé de ella: ¡la tenemos! El Jefe de las Comadrejas ha *prometío* que conseguirá que vuele de nuevo. Ha dicho que *toos* podremos *subinnos* por turnos.

—¿Ah, sí? —se maravilló la gitana—. ¿Me llevarás a verla?

—No sé... —dijo el centinela, dubitativo—. Se supone que no puedo *dejá pasá* a *naide* sin la contraseña. Podría meterme en problemas.

—Lo entiendo perfectamente, Digby —respondió la gitana—. Solo estás cumpliendo con tu trabajo, y tengo que decir que lo estás haciendo muy bien para ser tan joven. ¿Sabes qué? ¿Por qué no me susurras la contraseña y así, cuando me la vuelvas a preguntar, yo te la digo?

Digby se quedó pensando. Había algo en aquella sugerencia que no le encajaba del todo, pero por más vueltas que le diera no daba con ello. Por fin se rindió y le susurró al oído a la gitana:

—Es «peta-zeta».[64]

—Buen chico —susurró la gitana, que añadió en voz alta—: ahora ya puedes preguntarme la contraseña, Digby.

—Vale. —Digby dio un paso atrás, sacó pecho y levantó el brazo—. ¡Alto ahí! —dijo, al estilo militar—. ¿Quién va?

---

64. Sí, esos trocitos de caramelo que cuando te los pones en la boca crepitan como si explotaran.

—No, Digby —repuso la gitana, con voz suave—. Eso ya lo hemos hecho. Pasa a lo siguiente.

—Ah, vale, vale. ¿Cuál es la contraseña, pues?

—Peta-zeta.

—Muy bien, señora. *Pué* pasar —dijo, y se tocó la punta de la gorra.

La gitana pasó, cojeando y pensando que si Digby era el centinela que había conseguido encontrar el Jefe de las Comadrejas, la misión de recuperar a Humphrey no sería, a fin de cuentas, tan complicada.

Pero el siguiente centinela, una comadreja adulta, fue otra historia: era un tipo enjuto y de aspecto duro, que examinó a la gitana con mirada penetrante.

—¡Contraseña! —le espetó.

—Peta-zeta —replicó la vieja.

—Vaya —se lamentó la comadreja—. Supongo que tendré que dejarte pasar. —Hizo una pausa y repasó a la gitana de arriba abajo—. Aunque hay algo en ti que me resulta raro. No sé lo que es, pero no te pienso quitar ojo de encima. Procede.

Ratita dio gracias al destino por haber puesto a Digby en su camino y decidió que, cuando llegara el tiempo de ajustar cuentas, sería benevolente con el pobre armiño cabeza hueca. Cojeó, fingiendo que respiraba con dificultad y mantiendo la calma, porque ahora se encontraba en lo más profundo del territorio del Jefe de las Comadrejas, donde nunca se había adentrado ningún habitante de la Orilla del Río. Tanteó el contenido de sus bolsillos. El frío disco de latón de la brújula y el bulto de la pistola le reconfortaron en cierta medida.

—Venga, Ratita —susurró para sí—. Piensa en Humphrey.

Muy pronto se encontró en un claro lleno de armiños y comadrejas muy atareados. Tan alarmante era su número que le atravesó un escalofrío. Muchos de ellos se movían frenéticamente por una especie de plataforma que estaban construyendo. Otros corrían de aquí para allá con maderas, y de allá para acá con clavos. Se oían martillazos, gritos y bullicio en general. La plataforma ya tenía una altura equivalente a la de cuatro comadrejas, una encima de otra, y tenía pinta de que aún iba a crecer mucho más. En medio de todo aquel jaleo se encontraba el Jefe de las Comadrejas, sentado cómodamente y tomándose una taza de té con una galleta. A su lado estaba el Suboficial Armiño, dando órdenes a gritos e indicando a los trabajadores lo que tenían que hacer. No había ni rastro del globo. Ni tampoco de Humphrey.

—Buenos días, abuela —le gritó el Jefe de las Comadrejas—. Venga aquí y descanse un momento. Siéntese con nosotros. Sin duda estará muy lejos de su hogar.

—Desde luego —dijo el Suboficial Armiño, examinando a la gitana con los ojos entrecerrados—. *Mu* lejos de casa. No recuerdo haberla visto antes. Tenga la *bondá* de decirnos… ¿Qué hace aquí?

—Oh, venga, hombre —le corrigió el Jefe de las Comadrejas amablemente—. No hace falta *usá* ese tono. Siéntese y descanse, abuela. ¿Una tacita de té?

—Gra…, gracias —balbució Rata, con la voz temblorosa.

Se sentó sobre un tronco cercano, puesto que las rodillas empezaron a fallarle de pronto. Le pusieron delante una taza con su platillo, y dio un sorbo al té cargado, lo que le sirvió de excusa para evitar hablar durante un minuto. La taza le temblaba en la mano, haciendo ruiditos contra el platillo. El Suboficial Armiño se la quedó mirando y dijo:

—¿Por qué está temblando, anciana? ¿Cuál *e* el motivo de tanta agitación?

—Per…, perdóneme, señor. El cuerpo no me responde, y he caminado mucho. Necesito recobrar el aliento.

—¿Lo ves? —soltó el Jefe de las Comadrejas—. No hay nada de qué preocuparse; no es más que una gitana anciana. Recupérese.

—Sí, hágalo —dijo el Suboficial Armiño, que seguía desconfiando—. Y luego cuéntenos qué la trae aquí.

—¿Una galleta? —ofreció el Jefe de las Comadrejas, presentándole una bandeja.

—Es usted muy amable —dijo Rata.

Dio un bocadito a una galleta de mantequilla y se acabó el té, sin levantar la mirada pero muy atento a toda la actividad que se desarrollaba a su alrededor. Se limpió delicadamente las migas de los bigotes y dijo, ya más confiado:

—He venido a… —hizo una pausa de efecto— «verlo».

—¿A ver qué? —respondió el Suboficial Armiño, sarcástico—. ¿Qué quiere decir? Aquí no hay nada que ver.

—Hable claro, abuela —dijo el Jefe.

—He venido a ver la máquina voladora —respondió Rata.

—¿Qué? —exclamaron los dos, dando un respingo— ¿Cómo se ha *enterao*? ¿Quién se lo ha dicho? —El Suboficial Armiño adoptó una actitud realmente amenazante.

—Ca…, caballeros —se defendió Rata—, nadie me lo ha dicho. Tuve un… sueño, una visión, si quieren llamarlo así, en la que aparecía aquí una máquina voladora.

—¿Puede hacer eso? —preguntó el Jefe de las Comadrejas, impresionado.

—Sí, señor. Tengo el don de la clarividencia. Me viene de la familia de mi madre. Lo heredé de ella, que lo heredó de mi abuela Lavinia, y mi tía abuela Sylvia también…

—Ya, ya, todo eso está *mu* bien —dijo el Jefe de las Comadrejas—. ¿Y también puede ver el futuro? ¿Y leer las manos?

—Claro que puedo —respondió Rata, animado, metiéndose en el papel y dejándose llevar—. Todo el que me pague bien puede conocer su futuro. Es tal como les he contado, me viene de familia. De hecho, mi tatarabuela Eugenie…

Y así fue repasando su ficticio árbol genealógico hasta que, a una señal del Jefe de las Comadrejas, el Suboficial Armiño se alejó de allí y volvió un minuto más tarde con una bolsita de cuero. El Jefe metió la mano dentro y extrajo dos monedas de plata que le tendió a Rata, que para entonces ya estaba repasando las gestas de su tatarabuelo Algernon. Se paró en seco y preguntó:

—¿Eh? ¿Y eso para qué es?

—Es en pago a sus servicios —dijo el Jefe—. Quiero que me lea el futuro.

—Bueno… La verdad es que estoy algo baja de forma —se excusó Rata, dando marcha atrás—. Hace mucho que no lo hago y he perdido práctica. No querrá que le lea el futuro alguien que ha perdido la práctica, ¿no? Porque…, mmm…, podría fallar de algún modo. Quiero decir…

El Jefe le plantó las monedas en la pata.

—Bueno —dijo—. ¿Me va a *leé* la mano? ¿O prefiere *usá* las cartas?

Rata emitió una débil protesta.

—No traigo mis cartas conmigo.

—Estoy seguro de que tenemos una baraja por algún *lao*, ¿*verdá*, Suboficial Armiño?

—Oh, no, no —se apresuró a rebatir Rata—. Eso no funcionaría. Tienen que ser cartas especiales, no vale cualquier juego de naipes viejo.

—Entonces léame la mano —dijo el Jefe de las Comadrejas. Se sentó junto a Rata y le tendió la mano, expectante—. Venga. Siempre he *querío* que me leyeran el futuro.

Los pensamientos se aceleraron en la cabeza de Rata como un enjambre de abejas al que le estuvieran robando la miel. Recuperó la compostura y se dijo mentalmente: «Ratita, por Dios, contente. Eres un poeta. Un escritor. Eso significa que sabes inventar cosas, ¿de acuerdo? Así que invéntate algo. Y que sea bueno».

Estudió la palma de la mano de la comadreja.

—Esta es la línea de la vida —dijo—. Sí. ¿Ve qué larga es? Eso significa que va a tener una vida muy larga.

El Jefe se mostró muy satisfecho.

—Y esta es su…, esto…, su línea del corazón. Sí. Y también es muy marcada. Quiere decir que tiene un carácter muy…, muy decidido. No se asusta ante la batalla.

El Jefe se mostró profundamente complacido.

—Es muy…, mmm…, intrépido en la batalla —dijo Rata.

El Jefe sacó pecho y presumió ante sus subordinados:

—¡Vaya, esta anciana desde luego sabe lo que dice!

Rata se dio cuenta de que de pronto había descubierto el secreto de la futurología, que consiste en que una persona crédula se tragará cualquier tontería mientras le halague. Siguió soltando alabanzas hasta que incluso el Jefe de las Comadrejas tuvo bastante y le interrumpió:

—¿Y qué hay de mi globo? ¿Puede ver mi globo?

«¡Tu globo! —pensó Ratita—. ¡Menuda cara dura!» Cerró los ojos e intentó dar la impresión de estar concentrándose con todas sus fuerzas.

—Está…, no lo veo muy claro —dijo.

—¿Está volando? ¿Lo ve volando? —preguntó el Jefe.

—No sé muy bien. Está demasiado lejos —respondió Rata—. ¡Pero espere! —Apretó aún más los ojos y frunció el ceño.

—Diga —le apremió el Jefe—. ¿Qué ve?

—Veo… Veo un pequeño animalito… haciendo algo. Parece…, parece que está trabajando en el globo. ¿Quizá reparándolo? ¿Puede ser?

El Jefe y el Suboficial Armiño intercambiaron miradas de incredulidad.

—No obstante, la imagen tiene algo raro. Parece que el animalillo es…, ahora lo veo más claro…, no es un armiño… ni una comadreja…, sino un sapo. Qué raro. No tendrán a un joven sapo empleado, ¿no?

Las alimañas se lo quedaron mirando con desconcierto.

—Pues…, pues sí —reconoció el Jefe—. Podría decíse que es una especie de *invitao* nuestro.

—Me gustaría muchísimo ver una máquina voladora, y si me llevan ante ella, podré decirles si llegará a volar —dijo Rata, astuto—. La señal será más fuerte. ¿Está lejos de aquí?

—No, no está *naa* lejos. Está en el siguiente claro del bosque. Si se siente con fuerzas, la llevaré hasta allí, y podrá *echá* un vistazo.

—Sí, claro. Me siento muy recuperada. ¿Vamos? —preguntó Rata, poniéndose en pie de un salto y dejando caer las monedas en el bolsillo de la falda.

—Vaya, abuela, parece que ya camina mucho *mejó* —observó el Jefe—. Esta taza de té le ha *sentao* de maravilla. Siempre he dicho que tiene efectos medicinales.

Rata contuvo el paso y se apoyó pesadamente en el garrote. Echó una mirada furtiva a su brújula.

—¿Qué es eso? —dijo el Suboficial Armiño, intrigado—. ¿Qué es eso que mira dentro *el* bolsillo? ¿Es una brújula?

—No, no —se defendió Rata—, bueno, es decir… Supongo que técnicamente es una brújula, pero no es para eso para lo que la uso… No, no. Es más bien como un talismán, como un objeto mágico. Me ayuda a… concentrarme en mis poderes.

El Suboficial Armiño no parecía muy convencido, pero se pusieron en marcha igualmente. A los cinco minutos llegaron al borde de otro claro. A Rata le latía el corazón con fuerza. Metió la pata en el bolsillo y agarró la pistola para reunir valor.

En el otro extremo del claro estaba el globo, aún tirado en el suelo, pero ahora con numerosos parches en la lona. La cesta había recuperado en parte su forma original. Un equipo de comadrejas con aspecto poco amigable intentaban desenredar la maraña de cables, cortando y emparejando cabos y, en muchos casos, molestándose unas a otras. Y allí estaba Humphrey, subido a un taburete, tejiendo un puñado de ramitas finas de sauce.

Rata escrutó al animalillo, que permanecía concentrado en su trabajo. A pesar de su aspecto triste, el sapito parecía estar bien alimentado, y alguien le había prestado una chaqueta que, aunque le venía grande, le protegía del fresco del bosque. Por un segundo, Rata tuvo la tentación de agarrarlo bajo el brazo, como un balón de rugby, y salir corriendo de allí, pero sabía que no llegaría a salir del bosque. Además, el plan quedó descartado por completo en el momento en que vio una fina cadena tendida en el suelo, prendida por un extremo del tobillo de Humphrey, y por el otro, de un roble cercano. Rata se encendió por dentro. ¡Aquellos brutos habían encadenado al pobre muchacho a un árbol!

Humphrey dejó lo que tenía entre manos por un momento, se giró y se quedó mirando a la gitana vestida de vivos colores. Incrédulo, tragó saliva y dijo:

—¿Qué haces aquí y vestido de esta guisa, Ratita?

CAPÍTULO 19

La rata sale volando

Rata de Agua, en plena batalla, tendrá un encuentro del todo inesperado.

Qué hace uno cuando se encuentra en dificultades? No solo en dificultades, sino en «graves» dificultades? Graves dificultades, por ejemplo, son cuando un ejército de comadrejas y armiños giran la cabeza todos al mismo tiempo hacia donde está uno, con una expresión que cambia de pronto del asombro a la furia. ¿Qué hace uno entonces?

¿Soltar un farol? ¿Quedarse inmóvil? ¿Correr? ¿Esconderse?

Todas aquellas preguntas le pasaron por la mente a Rata mientras asimilaba la situación y analizaba sus posibilidades. Tenía su garrote y su pistola, pero ¿de qué le servirían con tantos enemigos?

El Jefe de las Comadrejas estaba atónito.

—¡Lo sabía! —gritó el Suboficial Armiño—. ¡Sabía que olía a rata!

Ratita lanzó una mirada rápida a Humphrey, que se echó las manos a la boca, mortificado.

—Aguanta, Humphrey. Volveremos a buscarte —le gritó, y salió corriendo como un tiro.

—¡No creo! —aulló el Jefe de las Comadrejas—. ¡Venga, a por él!

La horda de comadrejas y armiños se precipitaron unos sobre otros en su afán por pillarle, pisándose la cola y las patas mutuamente y, sobre todo, entorpeciéndose para correr.

—¡No empujes! ¡Jefe, me ha *empujao*!

—No te he *empujao*.

—Sí me has *empujao*.

—No he sido yo.

—Sí que has sido tú.

Y así siguieron. El jaleo que montó la marabunta de comadrejas y armiños sobreexcitados no sirvió más que para que Rata dispusiera de una buena ventaja. La aprovechó y corrió como nunca antes. Tras él oyó que sonaba una campana de alarma, sin duda pidiendo refuerzos.

Muy pronto llegó al puesto del centinela, quien gritó:

—¡Alto! ¿Quién va?

—¡Menuda memez! —gritó Rata, al tiempo que derribaba al centinela y seguía corriendo.

A continuación llegó hasta Digby, que le sonrió alegremente y se despidió saludándolo con la mano.

—¡Adiós, Serafina Original! A *ve* si la próxima vez se *pué quedá* a *cená*.

—¡Adiós, Digby! —gritó Rata por encima del hombro (porque incluso cuando uno huye a toda mecha, nunca está de más ser educado).

Rata corrió hasta que pensó que el corazón se le saldría por la boca. Llegó a una bifurcación del camino e hizo una pausa para echar una mirada rápida a su brújula. Lanzó su garrote de madera de endrino tan lejos como pudo por el camino de la izquierda y luego tomó el de la derecha. En la siguiente bifurcación, tiró el chal en el camino de la derecha y siguió corriendo por el de la izquierda.

A cierta distancia, las comadrejas y los armiños por fin se habían organizado y ya iban tras él. El truco del garrote y del chal le dio a Rata unos minutos más de ventaja, pero muy pronto oyó a sus espaldas unas voces agudas y supo que habían encontrado su rastro. Bajó el ritmo, corriendo al trote, para recuperar el aliento y pensar su siguiente movimiento. Tras él oía el correteo de muchas patas pequeñas, y aquello le hizo volver a arrancar a toda marcha. Los pasos se volvieron más sonoros y de pronto se oyó un grito:

—¡Ya lo tenemos, chicos!

Rata se giró y se encontró frente al Suboficial Armiño y su avanzadilla de media docena de soldados.

—¡Ríndete! —gritó el Suboficial Armiño. Los soldados se dieron unos codazos de complicidad y soltaron unas risitas horribles—. ¡Entrégate y pué que tengamos compasión de ti!

—Nunca —gritó Rata.

Sacó la pistola y disparó. Sus perseguidores aullaron y se tiraron al suelo. Para satisfacción de Ratita, el acobardado Suboficial Armiño gimió:

—¡No dispares, no dispares!

—Eso ha sido solo un aviso —amenazó Ratita, y dio unos pasos atrás, sin dejar de apuntarlos.

Lanzó un vistazo a la brújula, dio media vuelta y echó a correr. Gracias a la pistola había conseguido algo de ventaja, pero ¿cuánta? ¿Cuánto tardaría el otro centenar de comadrejas en alcanzar al Suboficial? ¿Cuánto tiempo tardaría el Suboficial en darse cuenta de que una rata con una pistola no tenía ninguna posibilidad de mantener a una cantidad tan grande de enemigos bajo control durante mucho tiempo?

La bóveda de ramas y hojas que formaban los árboles se iba volviendo más fina, con lo que cada vez pasaba más luz, y el sotobosque se volvía menos accidentado. Rata calculó que estaba a medio camino de la linde del bosque. Pensó en el pobre Humphrey, convertido en esclavo, con cadena y todo, imagen del egoísmo y la arrogancia del Jefe de las Comadrejas. Pero al menos había encontrado al chico y había visto que se encontraba bien, aunque abatido. (No podía imaginarse lo derrotado que estaba Humphrey, que en ese momento lloraba lágrimas amargas. La madre de Sammy era una de las cosedoras que reparaba el globo y le intentó consolar con un trozo de tarta de chocolate birlada de la despensa personal del Jefe, pero el chico estaba tan triste que lo dejó intacto.)

Rata rodeó un gran olmo como una exhalación y fue a dar de bruces contra un personaje que estaba en el camino, de modo que ambos cayeron al suelo. Salieron volando hogazas de pan en todas direcciones. Rata se puso en pie de un salto, al igual que la extraña, ambos preparados para lo peor. Se miraron atónitos. Rata había dado con Matilda. Tardó un momento en recuperar la voz, pues tenía la mente en blanco.

—¡Lo siento muchísimo! —dijo, por fin.

Ella se quedó mirando a la gitana y murmuró:

—¡Oh, eres tú! Sé que eres tú. Te reconocería en cualquier sitio. Pero ¿por qué vistes así? ¿Y por qué saliste corriendo de mi madriguera el otro día? ¿Y por qué… —añadió, con tristeza— no volviste más?

Aquellas palabras tuvieron un efecto balsámico sobre el corazón herido de Rata, pero no tenía tiempo para disfrutar del momento.

—Ahora no te lo puedo explicar —se excusó, jadeando—. Los armiños y las comadrejas me persiguen. Y no volví a causa de tu pretendiente.

—¿Pretendiente? —respondió Matilda, atónita—. No tengo ningún pretendiente; era mi primo Gunnar, que había venido a pasar el día. Estuve esperando a que volvieras, pero no lo hiciste.

Rata sentía que la sangre le latía con fuerza en el cerebro, y de nuevo oyó el canto de sus ancestros, el inconmensurable coro de sus antepasados cantando: «Tienes que hacerlo…, lo harás».

En la distancia, ya oía los gritos de sus perseguidores.

—Tengo que irme pitando —dijo—. Pero te prometo una cosa: volveré.

Y cogió una pata de Matilda entre las suyas. Se miraron a los ojos y luego, muy suavemente, se tocaron hocico con hocico.[65]

Entonces Rata hizo lo más difícil que había hecho en su vida. Se apartó y echó a correr, gritando por encima del hombro:

—¡Te lo prometo!

Cuando los armiños y las comadrejas llegaron hasta Matilda, la encontraron descansando sobre un tronco caído, con su cesta de panes perfectamente ordenada a sus pies.

—¿Lo has visto? —preguntó el Suboficial Armiño.

—¿Ver a quién? —respondió ella educadamente.

—A Rata de Agua. Tiene que haber *pasao* por aquí.

—No he visto a ningún ratón. —Hizo una pausa y fingió que se quedaba pensando—. Hmmm. Pero sí he visto a una vieja gitana. ¿No será de ella de quien habláis?

—¡Es él! Es él, no ella. No es una *mujé*, es un rufián, es el demonio. ¿Por aónde se ha *ío*?

—¡Dios mío! ¿Para qué queréis a esa pobre mujer?

—A ti no te importa. Dime, rápido: ¿por *aónde* se ha *ío*?

Matilda, que había visto que Rata se había ido hacia el suroeste, señaló hacia el noreste, y el grupo se puso en marcha, demasiado

---

65. Lector, quizá deberíamos mirar a otra parte y concederles un momento de intimidad.

ocupados empujándose y pisándose como para darse cuenta de que ella tenía una pata tras la espalda, con los dedos cruzados.

❧

Ahora ya estaba oscuro del todo. En el extremo del Bosque Salvaje, Tejón y Topo esperaban juntos, preocupados, junto a un fuego que habían encendido como señal, con la esperanza de que ayudara a su amigo a encontrar el camino de vuelta a casa. Topo apretaba los puños e intentaba no imaginarse lo peor, pero ya hacía mucho tiempo que se había puesto el sol y seguían sin saber nada de Rata. De vez en cuando algún animalillo nocturno se agitaba en el bosque, provocando que Topo levantara la cabeza, expectante, para bajarla después, decepcionado. Tejón ya había dejado de hacer cosas así horas antes y se limitaba a mirar fijamente el fuego con aire taciturno.

El pobre Topo, que no podía más, se puso en pie de un salto y estalló:

—Lo han descubierto. ¡Sé que lo han descubierto! —Empezó a caminar, nervioso, arriba y abajo—. Qué tontos hemos sido, Tejón. Nunca debimos dejarle ir solo. Teníamos que haber entrado juntos, uno para todos y todos para uno, y enfrentarnos a ellos. Pero ¿hemos hecho eso? Oh, no. Hemos enviado a una pobre e indefensa rata de agua, que…

—Shhh —le hizo callar Tejón, levantando una pata.

—Probablemente no tenía ni idea de lo que…

—¡Calla! —le ordenó Tejón, y lo hizo tan enérgicamente que su amigo se calló de golpe. Tejón se puso en pie poco a poco.

—¿Qué pasa? —susurró el otro.

—Calla y escucha.

Topo aguzó el oído y escuchó con cada fibra de su ser. Y entonces lo oyó. O, más bien, lo sintió, porque los topos son muy sensibles a las vibraciones. Lo que sintió fue un leve golpeteo rítmico en el suelo a cierta distancia, en el Bosque Salvaje, unos impactos regulares como los que haría, por ejemplo, un animal al correr. Topo se tiró al suelo y apretó la peluda mejilla contra el suelo para determinar el origen del ruido.

—¿Lo sientes? —susurró Tejón.

—Es cada vez más intenso —dijo Topo, en voz baja—. Sí, viene…, viene… hacia aquí. —Topo se puso en pie de un salto—. ¿Será él? ¿Será Ratita? ¡Oh, tiene que ser él!

Tejón alzó el hocico y olisqueó el aire.

Y entonces ambos pudieron oírlo claramente, el ruido de un animal que se abría paso entre los helechos, a lo lejos. ¿Iría hacia allí? Topo se estremeció y castañeteó los dientes. ¡Sí! Iba acercándose. Y ahora ya podían decir que quien fuera que estuviera corriendo se dirigía directamente hacia el fuego, que brillaba como una baliza de esperanza y seguridad en la inmensa oscuridad de la noche.

De entre los árboles apareció de pronto Rata de Agua, con todo el pelo erizado. Con un grito, cayó en brazos de sus amigos.

—¡Eres tú, Ratita, eres tú! —gritó Topo—. ¡Nos tenías tan preocupados! No sabes cuánto. —Y entre risas y llantos abrazó a Rata.

Este jadeaba, intentando recobrar el aliento:

—Amigos míos…

—Ratita —dijo Tejón, con gesto sombrío—, nos has dado a los dos un susto de muerte. No, no intentes hablar. Volvamos a la mansión. Ya nos darás un informe completo cuando hayas cenado. Topo, deja de apretujarlo, que no le dejas respirar.

Se llevaron en volandas al exhausto Rata hasta la mansión, le hicieron ponerse la bata, le situaron frente al hogar de la biblioteca, con los pies en alto, y le sirvieron una reconfortante cena compuesta de una espesa sopa caliente y una copa de jerez.

Topo no le quitaba el ojo de encima a su amigo, mientras este iba tomando cucharadas de sopa y recuperándose. Rata tenía un aspecto terrible, pero estaba extrañamente eufórico.

—Ratita, tengo que decir que este ha sido el día más largo de mi vida —dijo Topo—, ahí sentado, sin poder hacer nada más que esperarte todo el día.

—¿Ha sido un día? —exclamó Rata—. Dios mío, a mí me ha parecido toda una vida. Tengo tanto que contaros… En primer lugar, lo más importante: Humphrey está bien. No creo que le hagan ningún daño, porque es el único que puede reparar el globo, que está hecho trizas.

Rata describió la escena del bosque, el lugar donde estaba trabajando Humphrey. Cuando llegó a la parte de la cadena, Tejón emitió un gruñido que les puso los pelos de punta.

—Voy a hacerme una alfombra con la piel de esa comadreja. ¡Vaya si no!

—En realidad —dijo Ratita—, creo que el Suboficial Armiño tiene tanta culpa como el Jefe… o más.

—Pues entonces con la suya también. Me encargaré de que el pellejo de los dos quede cubierto de tachuelas.

—Sigue, Ratita —le apremió Topo—. ¿Descubrieron que era un disfraz? Empieza desde el principio, cuéntanoslo todo.

Rata empezó desde el principio y se lo contó todo (bueno, casi todo). Les contó que pasó cojeando y salvó el escollo de los centinelas, que le leyó el futuro al Jefe de las Comadrejas, lo cual hizo reír a Topo hasta saltársele las lágrimas, y lo de la desafortunada observación de Humphrey que casi le cuesta la vida. Les contó su terrible huida y las estratagemas que usó para despistar a sus perseguidores, algo que impresionó tremendamente a Tejón. Pero cuando llegó a su choque con Matilda, por algún motivo que no pudo explicar, pasó por alto su nombre, y se limitó a decir que había ido a dar de bruces con una panadera. Algo en su interior se negaba a compartir aquel momento, como si no fuera de dominio público. No es que Topo y Tejón fueran «público», de ningún modo. No, no era eso. Era que lo que había flotado en el ambiente entre Matilda y él era algo secreto. Y sagrado.

Topo, que conocía muy bien a su amigo, observó que Ratita bajaba el ritmo de la narración en aquella parte de la historia en particular, para seguir después más adelante y acabar con su carrera final hacia la luz del fuego.

—Dejadme que os diga que nunca en toda mi vida me he sentido tan contento de ver una hoguera —dijo Ratita—. No tengo palabras para describir lo que me reconfortó ver que los dos seguíais de guardia. Fue una idea genial encender el fuego. ¡Mis queridos amigos!

Rata se sorbió la nariz. Tejón se aclaró la garganta. Topo se limpió una lágrima.

—¿Y qué hacemos ahora? —preguntó Topo—. Si no nos damos prisa, para cuando volvamos, ya habrán trasladado el campamento.

—Iremos a buscar a las nutrias a primera hora de la mañana. Esta noche no podemos hacer nada más que dejar que Ratita descanse a gusto.

Topo bostezó.

—No sé por qué estoy tan agotado. Lo único que he hecho ha sido esperar sentado.

—Y preocuparte —dijo Ratita—. La preocupación también puede ser agotadora. Muy bien, me voy a la cama. Nos vemos por la mañana.

Cogió su palmatoria y se dirigió escaleras arriba.

Tejón fue quedándose dormido allí mismo, dando cabezadas, y se puso a roncar suavemente. Y Topo, con la mirada perdida en el fuego, se preguntó qué sería lo que le estaba ocultando su más querido y viejo amigo.

CAPÍTULO 20

El transporte de Sapo

*En el que Sapo encontrará un medio para volver a casa
y estará peligrosamente cerca de aprender una buena lección (o dos).*

Sapo sentía la atracción del río a lo lejos, en las venas, en los huesos, en el tuétano, pero quedaban tantos obstáculos peligrosos por el camino (pueblos, policías, perros) que se vio obligado a seguir un tedioso recorrido en zigzag, alejádose de las carreteras principales en lo posible, y usando los tortuosos senderos que empleaban los pequeños pobladores de los setos.

Iba pensando en todos aquellos retrasos y en el hambre, que lo atormentaba (porque hacía tiempo que había acabado las provisiones robadas en la boda), cuando de pronto giró una curva y a punto estuvo de dar contra una pequeña comadreja sucia y desaliñada. La comadreja llevaba un palo al hombro, con un pañuelo sucio atado a la punta a modo de hatillo. Se quedó boquiabierta al ver a Sapo y dijo:

—Vaya, es el señor Sapo. Nunca pensé que me cruzaría con *usté* por aquí, señor.

Sapo estuvo tentado de corregirle y recordarle que en realidad era «profesor» Sapo, y que como tal había que dirigirse a él. Pero se lo pensó mejor y se dio cuenta de que, a la luz de sus recientes aventuras, técnicamente podría considerarse que no era ya un profesor y, además, si el asunto era demasiado complejo como para entenderlo él mismo, habría que ver cómo iba a explicárselo a otro.

—Yo ya te he visto antes, ¿verdad? —se limitó a decir.

—Sí, señor. Soy Sammy, señor.

—¡Vaya! —exclamó Sapo, animado—. Tú eres del Bosque Salvaje. Dime, chico, ¿a qué distancia estoy de la Mansión del Sapo?

—A unos dos días de camino, señor, si conoce los atajos.

Sapo soltó un gruñido. Dos días más de pies doloridos, de pasar hambre, de dormir mal y de huir de los perros. La vida del trotamundos no era tan emocionante como se suponía.

—Tú conoces los atajos, ¿no? —le dijo a Sammy—. ¿Puedes llevarme a casa?

Sammy le miró, abatido, y respondió:

—Yo… Yo me he *escapao*, señor. No *pueo* volver. Voy a buscarme la vida en Londres.

—Tonterías —dijo Sapo—. Seguro que tu madre está muy preocupada. ¿Qué puede haber pasado para que no puedas volver con tu familia?

Pero Sammy calló, nervioso, y evitó cruzar la mirada con la de Sapo, porque no podía revelarle el papel que había tenido en el secuestro de Humphrey.

—Bueno, mira —dijo Sapo—. Deja estar lo de volver al Bosque Salvaje. Tú llévame a la Mansión del Sapo. Te pagaré bien, y así podrás volver a emprender la marcha con algo de dinero en el bolsillo. ¿Qué me dices?

Sammy se lo pensó. Quizá sería un buen modo de compensar su error al llevar a Humphrey al Bosque Salvaje.

—Y además nos haremos compañía el uno al otro —añadió Sapo, con voz lastimera—. Ir deambulando por ahí solo es de lo más deprimente.

—De acuerdo, señor Sapo. Le enseñaré el camino.

—Buen chico. Por cierto, no llevarás por casualidad algo de comer, ¿no? Estoy absolutamente hambriento.

—Tengo un *bocaíllo* de queso en el hatillo. Sírvase si quiere, señor.

—¡Oh, excelente!

Se sentaron a la sombra del seto. Sammy le ofreció a Sapo su bocadillo, algo chafado y deformado. Sapo puso unos ojos como platos al tomar el bocadillo delicadamente entre las manos, y se le escapó un gemido de gratitud. Le dio un bocado y cerró los ojos, masticando poco a poco, deleitándose, decidido a degustar cada bocado de aquella comida, el más suntuoso de los festines, más espléndido que cualquier banquete de seis platos servido en la mansión. ¿Qué había en el mundo que pudiera compararse con el sencillo placer de una loncha de queso curado entre dos sencillas rebanadas de rústico pan moreno, cuando uno ha sufrido hambre y persecución durante kilómetros, cuando uno llevaba viviendo in extremis desde hacía días?[66]

—¡Ah! —suspiró Sapo, tras dar cuenta de hasta la última miga—. Gracias, chico. Ha sido el mejor bocadillo que he comido en mi vida. No olvidaré tu generosidad en este momento de necesidad. Bueno, ¿nos ponemos en marcha? ¡Indícame el camino!

La pareja emprendió la marcha a través de un prado. Al cabo de unos kilómetros, Sapo propuso:

—Podríamos llegar a casa mucho más rápido si pudiéramos…, esto…, tomar prestado un automóvil.

—¡Oh, señor! ¿Sabe *conducí*?

Al oír aquello, la vieja pasión de Sapo por los automóviles, latente en su cerebro durante tanto tiempo, se despertó.

—¿Que si sé conducir? —Sapo dio un paso atrás y se hinchó como un globo—. Chico, soy un «experto» conductor. Cuando estaba al volante, solían llamarme el Terror de la Carretera.

---

66. Podríamos incluso perdonarle que se chupara los dedos, aunque en realidad es algo de muy mala educación, algo que nunca debe hacerse en presencia de otros. Cuando estás solo… es otra historia.

Sammy se lo quedó pensando y se preguntó si aquello era realmente un cumplido.

—Yo nunca he subío en un automóvil —confesó, melancólico.

Sapo se quedó parado:

—¿Nunca has subido a un automóvil? Vaya, qué infancia más triste que has tenido. Tenemos que remediar esa situación ahora mismo.

La pasión por la carretera se desató en su interior y se hizo con el control de su mente.

—Te diré lo que vamos a hacer —dijo—. Si localizamos un automóvil, tú también podrías experimentar esa sensación gloriosa: el murmullo del motor bajo tus pies, el susurro de las ruedas contra la calzada, la nube de polvo tras de ti. ¡Esa emoción embriagadora mientras tu vehículo devora kilómetros y atraviesa los campos! ¡Qué maravilla! ¡Qué gusto! —Sapo se quedó con la mirada perdida en la distancia, hipnotizado con la visión idealizada de la velocidad que la renacida pasión había recreado en su imaginación.

Pasó un minuto hasta que Sammy se atrevió a hablar:

—¿Señor Sapo? ¿Se encuentra bien?

La respuesta de Sapo fue un leve murmullo:

—Mooc-mooc.[67]

—¿Señor Sapo? —insistió Sammy, tirándole de la manga.

---

67. Vale, niños, ya podéis dejar de reíros todos. Sapo solo está imitando el sonido de una bocina de coche antiguo. Es lo que hace cada vez que cae en el embriagador hechizo de la velocidad.

—¿Qué? ¿Qué pasa? —dijo Sapo, volviendo en sí.

—¿Quién va a dejarnos un coche? *¿Y aónde* vamos a *encontrá* uno por aquí?

Ambas preguntas eran válidas y difíciles de responder, la primera más que la segunda. Porque la idea de «tomar prestado» que tenía Sapo difería mucho de la definición comúnmente aceptada de la expresión. Sapo eludió la espinosa pregunta fingiendo que no la había oído. Solo respondió a la segunda:

—Tendremos que ir a la carretera principal. Estoy seguro de que encontraremos algún vehículo adecuado aparcado en algún hotel o salón de té.

—Habrá que volver atrás —dijo Sammy, vacilante—. La carretera principal está por ahí.

Señaló hacia el campo que acababan de atravesar.

—Bueno, pues pongámonos en marcha. El tiempo pasa.

A Sammy aquel plan no le parecía muy acertado, pero había prometido que guiaría al señor Sapo a su casa, y cumpliría su palabra.

⌘

Por fin llegaron a una taberna, El Pato Mareado, y se dirigieron sigilosamente a la parte trasera. Aparcado en el patio adoquinado había un camión de verduras destartalado, con las ruedas parcheadas y la carrocería medio colgando, cargado de coles hasta arriba. Sapo pasó por alto aquel vehículo tan poco atractivo e inmediatamente se detuvo en el automóvil aparcado a su lado, un elegante coche negro de estilizada línea, con mullidos asientos de cuero rojo y brillantes accesorios cromados a los que su débil cerebro encontraba imposible resistirse. Nunca había visto un ejemplar tan bello ni que ejemplificara la velocidad tan magníficamente.

—Mooc-mooc —exclamó, en expresión de admiración.

Sammy, que ya iba entendiendo que Sapo quería «robar» el coche, se echó atrás y dijo, asustado:

—¿Señor Sapo? ¿Cree que eso está bien? Nos podríamos *meté* en un montón de problemas.

—¿Has visto algo tan magnífico en toda tu vida? —murmuró Sapo.

En aquel momento, la puerta de la taberna se abrió y del interior salieron dos parejas risueñas y alegres, dispuestas a seguir con su viaje por carretera.

Sapo y Sammy se escondieron tras un barril en una esquina del patio. Y tan obsesionado estaba Sapo que, por un momento, se engañó y se convenció de que las parejas se dirigirían al camión de las coles y no al elegante automóvil, porque, en su delirio posesivo, estaba convencido de que el coche debía ser para él. ¿Cómo iba a ser de otro modo?[68] La desilusión fue mayúscula al ver que las dos parejas se subían al automóvil y se alejaban entre risas.

—¡Menuda visión! —exclamó, quejumbroso—. Nunca había visto ese

---

68. Más grande sería su decepción...

modelo en particular, pero tendré que encargar tres o cuatro en cuanto lleguemos a casa. Me pregunto en qué colores los harán.

A su lado, Sammy soltó un suspiro de alivio al ver que por poco se había librado de ser cómplice de un robo. (Las manzanas caídas de los árboles son una cosa; un coche es otra.)

—Está bien, señor Sapo, a *caminá*. Estoy *acostumbrao* a *caminá*.

Sapo no respondió. Tenía los ojos puestos en el vetusto camión; mentalmente iba calculando si el precio que suponían para sus pies los dos días de caminata compensaba o no la ignominia que supondría llegar a casa en un camión de coles. Podía imaginarse lo que dirían las ardillas y los conejos. Aquello podía llegar a acompañarle de por vida. Pero antes de que pudiera decidirse, un anciano granjero salió de la taberna y tomó posesión del camión.

—Maldición —dijo Sapo—. Deberíamos haber cogido el camión mientras podíamos. Ahora supongo que tendremos que caminar.

Salieron del patio y pasaron junto a un cobertizo, en cuyo interior vieron una decrépita bicicleta apoyada contra la pared.

—Quizá —dijo Sapo—, quizá…

Se metieron en el cobertizo y echaron un vistazo a la bici. Era de un estilo antiguo, un velocípedo, pesada y primitiva, con la pintura negra levantada y la cadena oxidada. Curiosamente, los neumáticos parecían estar en buen estado y, tras una inspección más a fondo, vieron que estaban hinchados.

Un momento después ya estaban de camino. Sapo apenas llegaba con los pies a los pedales. Sammy se subió al manillar, con el viento erizándole el pelo.

Durante las cuatro horas siguientes, Sapo trabajó más que nunca en toda su vida de comodidades. Sammy no llegaba a los pedales, de ningún modo, así que todo el trabajo cayó sobre los hombros de Sapo —o, mejor dicho, sobre sus piernas—. Pedaleó y pedaleó hasta que por fin llegaron a Villasapo de Arriba, tras el que pasaba el río.

Sapo resopló y pedaleó por las calles adoquinadas, que hacían que Sammy fuera dando botes sobre el manillar, y a punto estuvo de salir despedido. Una ardilla que pasaba por allí los saludó:

—¡Así que has vuelto, Sapito! ¡Pero anda que no has caído bajo! ¡De los automóviles y las naves voladoras, a esto!

—¡Menos risas! —resopló Sapo—. No hay mejor forma de transporte que la vieja bicicleta de siempre. ¡Es bueno para los pulmones y bueno para la figura! ¡Le hace a uno esbelto!

—¿Ah, sí? —replicó la ardilla—. Pues en tu caso no queda muy claro. ¡Y una comadreja de mascarón de proa! ¿Es algún tipo de moda de Cambridge?

—No le hagas caso —le dijo Sapo a Sammy entre jadeos, quitándole hierro al asunto—. Todo el mundo sabe que las ardillas son vulgares. No —puf, puf— tienen modales.

Sammy, agarrado al manillar con todas sus fuerzas, solo pudo responder:

—¡S-s-s-sí, s-e-e-e-ñor!

Sapo, agotado, ya olía el río. Con energías renovadas, hizo un último esfuerzo y vio por fin las magníficas tierras de sus antepasados y su imponente mansión.

Los largos días de miedo, hambre y cansancio le volvieron a la cabeza, y no pudo evitar estallar en lágrimas. La puerta principal se abrió. El mayordomo salió corriendo, gritando airadamente y haciéndoles gestos de que se fueran de allí.

—¡Eh, vosotros! ¡La puerta de servicio está detrás!

Sapo paró la bicicleta y Sammy bajó de un salto. El mayordomo se los quedó mirando, atónito, y se disculpó:

—¡Oh, señor, es usted! Bienvenido a casa. Perdóneme por no…

A pesar del cansancio, Sapo hizo un gesto magnánimo y dijo:

—Cena para dos, inmediatamente. Y dos baños calientes. Y preparad una habitación para mi invitado, Sammy.

—Sí, señor —respondió el mayordomo—. Enseguida, señor. El señor Topo, el señor Tejón y el señor Rata están en la biblioteca. ¿Quiere que les comunique su llegada?

Pero no hubo respuesta, puesto que Sapo, al oír esas palabras, salió corriendo hacia la puerta de la biblioteca, la abrió de par en par y se lanzó en brazos de sus amigos, entre los gritos de júbilo y el alivio de todos.

Una vez que Sapo hubo comido y que se hubo repuesto del gran esfuerzo, y después de asegurarse de que su guía hubiera recibido todas las atenciones y de que el ama de llaves lo hubiera puesto a dormir, se sentó a charlar con sus amigos. Escuchó atentamente la descripción que hizo Rata de los infortunios de Humphrey.

—¿Estás seguro de que está ileso? Su madre me hará picadillo. Es de mala educación dejar que rapten a tu sobrino cuando está a tu cuidado —dijo. Hizo una pausa y se quedó pensando—. Pero, claro…, ¿cómo iba a saber yo que iba a ser raptado por comadrejas y armiños? Nadie podría haberlo previsto. Así que, al fin y al cabo, tampoco tengo tanta culpa —concluyó.

Se encendió un puro y procedió a ofrecer a sus amigos la larga y accidentada historia de sus aventuras recientes: cómo había esquivado al magistrado, gran conocedor de las leyes del territorio; cómo había birlado aquellos bocadillos y el pastel de bodas; cómo se había apropiado de una bicicleta y la había conducido hasta allí, superando tremendas adversidades; cómo…

Tejón levantó una pata:

—Para un momento. ¿Quieres decir que has robado una bicicleta?

Sapo intentó buscar una salida digna.

—Bueno, yo no… Bueno, no la robé *stricto sensu*.[69] Estaba… por ahí, tirada… Alguien la había dejado ahí. Yo solo…

—¿Alguien? ¿Quieres decir su propietario legal? —le inquirió Tejón, muy serio.

—Sapito —dijo Topo, atónito—, no has robado una bicicleta, ¿verdad?

—Bueno, de acuerdo —estalló Sapo—. Pero es que «tenía que hacerlo». No entendéis la situación desesperada en la que me encontraba. Sin comida, sin dinero, sin un automóvil que me llevara a casa… Os aseguro que el destino nunca me ha servido una mano tan mala. ¡Lo he pasado taaaaan mal! —añadió, con una lagrimilla de autocompasión rodándole por la mejilla.

Topo, que no soportaba ver a ninguno de sus amigos sufriendo, le dio una palmadita a Sapo en la pata y dijo:

—Venga, sapito. A lo mejor hemos sido demasiado duros contigo.

—Tonterías —bramó Tejón—. Sapo, vas a buscar al propietario de esa bicicleta y se la devolverás inmediatamente. Y le pagarás un chelín por el uso que has hecho de ella.

—¡Sí, hombre! ¡Eso es terriblemente injusto! —estalló Sapo, ofendido.

—Tómalo por un alquiler —dijo Tejón—. Y tú considérate afortunado de que el peso de la ley no caiga sobre ti por robo de bicicleta.

---

69. *Stricto sensu*: «en sentido estricto», en latín.

Sapo palideció.

—No había pensado en eso. Tienes toda la razón, como siempre, Tejón. Me ocuparé de eso inmediatamente. De forma anónima, por supuesto —dijo, y lanzó una mirada tímida a Tejón—. ¿Te parece bien?

—Con eso bastará, sapo —repuso Tejón—. Con eso bastará. Estamos contentos de que hayas vuelto a casa, pero ya hemos hablado bastante de ti. Es hora de decidir qué vamos a hacer con Humphrey. Ratita, estás muy callado. ¿Qué tienes que decir de todo esto?

Rata, que no tenía todos los sentidos puestos en la conversación, respondió:

—Tejón, yo no comparto tu punto de vista respecto a este asunto.

Topo se lo quedó mirando con curiosidad.

—Ratita, no pareces el mismo desde el día del Bosque Salvaje.

—Hmm, supongo que no —repuso Rata, esquivándole la mirada.

—No importa —soltó Topo—. Sin duda será la tensión acumulada durante aquella peligrosa aventura. —Hizo una pausa, expectante, y se quedó escrutando a su amigo, dándole ocasión de que hablara—. ¿No?

—Esto… —murmuró Rata—. Sí, eso es. Tengo como un runrún en la barriga. ¿A alguien le apetece comer algo?

CAPÍTULO 21

Los duros trabajos de Humphrey

En el que Humphrey soportará duras condiciones de vida y recibirá
un inesperado mensaje y una ayuda desinteresada junto a su pan de pasas.

Humphrey se sorbió la nariz y se la limpió con la manga.[70] Estaba a punto de amanecer, y muy pronto vendrían a sacarlo de su hueco en la base de un árbol. Luego le darían un abundante desayuno con pan de pasas tostado. Podía comer todo lo que quisiera. (De eso no se podía quejar; era lo único agradable de su cautiverio.) Pero luego empezaría otra larga jornada de remiendos y parches bajo la supervisión constante de los guardias escogidos por el Suboficial Armiño, que no le quitaban la vista de encima ni un segundo.

---

70. Eso es de muy mala educación, pero creo que podemos perdonar al pobre sapito, que tan mal lo está pasando, ¿no?

Humphrey se cubrió la cabeza con la áspera manta de lana. Pensó en su madre, que estaría en Italia, y se preguntó si de algún modo habrían podido avisarla de su secuestro. En realidad, casi esperaba que no lo hubieran hecho, porque ella no podría hacer nada más que preocuparse. Pensó en Sapo y deseó por encima de todas las cosas reunirse con su tío en Cambridge y trabajar con él como ayudante de laboratorio, ayudándole a resolver los misterios del universo. Pensó en el amable Topo y en el inquebrantable Tejón, y también en el audaz Rata, lo que le provocaba un llanto desconsolado, porque había sido él —Humphrey— quien le había descubierto, quien lo había puesto en un peligro terrible con su descuidado comentario. Aquello nunca se lo perdonaría. ¿Habría conseguido ponerse a salvo Ratita? Suponía que sí, porque el Jefe de las Comadrejas y el Suboficial Armiño habían regresado al campamento de un humor terrible, pero sin Rata colgado de un yugo. Aun así…

—Eh, tú —dijo una voz brusca—. Hora de levantarse.

Bajo la manta, Humphrey se secó las lágrimas. No estaba dispuesto a que le vieran llorar.

¡No, señor!

—Lávate y no olvides cepillarte los dientes. Pero date prisa. Nos vamos.

Humphrey obedeció y se preguntó, como tantas otras veces, por qué insistían tanto sus captores en que se cepillara los dientes. Salió del árbol y en el claro vio que había una actividad frenética.

—No hay tiempo de *desayuná* —anunció el Suboficial Armiño—. Nos vamos. ¡Menuda murga.[71] Esa gitana, quiero decir, Rata de Agua, tenía una brújula. Intenté decirle al Jefe que había algo en ella, quiero *decí* en él, que no me cuadraba, pero ¿cómo iba a *escuchá* a un subalterno? No, claro. Eso no —rezongó el Suboficial Armiño, aunque no tan fuerte que el Jefe pudiera llegar a oírle—. Ahora tenemo que *recogé* y mudarnos. Menuda murga. Y me toca darles la nueva dirección a la panadera, al chico del periódico y al frutero. Oh, vaya. Mira, ahí viene la panadera. Vuelve a tu *bujero.*

Humphrey desapareció en su agujero justo en el momento en que Matilda aparecía por el otro lado del claro.

—Buenos días, Suboficial —le saludó ella—. Aquí tiene su pedido y su cuenta. —Levantó la cabeza y miró a su alrededor—. Vaya, todo el mundo está muy ocupado. ¿Trasladan el campamento?

El Suboficial se la quedó mirando y preguntó:

—¿*Pa* qué quieres saberlo?

—¿Dónde voy a entregar el pan si no lo sé? —respondió la panadera con voz dulce—. Y no olvide el pastel de cumpleaños del Jefe de las Comadrejas. Nunca me habían pedido uno tan grande.

—Ah, bueno —respondió el Suboficial—. Sí, claro. Nos mudamos al *cuarté* de invierno.

—Es muy pronto para eso, ¿no? Apenas se ha insinuado el otoño.

---

71. Qué gran molestia.

—Ya. Solo es temporal.

—Muy bien —dijo ella, y le presentó un recibo que el Suboficial firmó con su marca, una gran X temblorosa.

Cuando Matilda abandonó el claro, Humphrey recibió órdenes para que supervisara la carga del globo en la carretilla del jardinero.

Antes de empezar, le taparon los ojos. Digby, al que habían encargado su custodia, le llevó cogido de la manga, sin dejar de preguntarle sobre la Mansión del Sapo, interrogándole sobre las modernidades y los lujos del lugar. ¿Agua caliente que sale de un grifo? ¡Imposible! ¿Un campo de hierba solo para jugar al croquet? ¡Cáspita![72]

Media hora más tarde llegaron a su destino, y a Humphrey le retiraron la venda de los ojos. Parpadeó, cegado por la luz del sol. Tenía delante una sólida puerta de madera sin felpudo ni timbre, situada entre las raíces de un olmo gigante y oculta en parte por una maraña de helechos. La puerta se abrió con un crujido y el Jefe de las Comadrejas pasó primero, con todos los demás en fila india tras él. Humphrey, cuyos ojos, a diferencia de los de sus captores, no estaban preparados especialmente para la oscuridad, fue dando tumbos por un pasaje oscuro entre paredes de tierra. Fueron bajando hasta detenerse en un punto donde se sentía una leve brisa de aire fresco. Se ajustó la chaqueta.

Entraron en una enorme cámara excavada en la tierra, apenas

---

72. Es una exclamación ahora poco común, que se usaba tiempo atrás con el sentido de «¡Caramba!»

iluminada por un rayo de sol que entraba a lo lejos. Humphrey se quedó admirando las dimensiones del lugar, con aquella bóveda tan alta que sus extremos quedaban envueltos en sombras. Unas enormes columnas de piedra y unos arcos soportaban el enorme techo; el suelo estaba hecho de grandes bloques de piedra tallada, no muy rectos y rotos por algunos puntos por acción de las nudosas raíces que se abrían paso.

—Digby —dijo Humphrey, admirado—, ¿qué es este sitio?

—¿El qué? ¿Esto? —Digby miró alrededor, como si fuera la primera vez que lo viera—. Es donde *pasamo* los inviernos. Los ancianos dicen que antes era una *ciudá* de hombres, de invasores llegados del otro *lao* del mar hace cientos de estaciones, pero yo no sé *naa* de eso. ¿Y dices que en la Mansión del Sapo *too* el mundo tiene una cama con edredón de plumas? ¿Una *pa* cada uno?

Las comadrejas pusieron velas de sebo en varias repisas por toda la sala, y sus llamas temblorosas dejaron al descubierto unos fragmentos de pared con desconchones. Las paredes estaban cubiertas de figuras pintadas bastante desgastadas. Humphrey se acercó y vio que eran de hombres y mujeres de cabellos oscuros que, por algún motivo, vestían sábanas. Los hombres llevaban armaduras ligeras y blandían espadas. Había escenas de cosecha y de fiestas. Había caballos, ovejas y reses, y una silueta de algo en blanco y negro, desfigurada por el tiempo, que bien podía ser un perro pastor (o quizás un tejón, aunque en ese caso con la cabeza hacia un lado). Se acercó más, hasta un punto en donde la pin-

tura estaba mejor conservada y la frotó con la manga, limpiando el polvo de muchas generaciones, y se dio cuenta de que enfrente no tenía una pintura sobre yeso, sino un mosaico compuesto por cientos de pequeñas teselas de colores aún vivos, perfectamente encajadas, que componían el retrato de un hombre. El hombre llevaba una sábana blanca colgada de lo alto de un hombro y una corona de hojas doradas sobre el pelo, negro y rizado. Humphrey aún estaba intentando encontrarle el sentido cuando oyó el grito del Suboficial Armiño:

—¡Eh! En cuanto el señorito haya recuperao las fuerzas, hay un trabajito esperándolo.

Humphrey decidió seguir estudiando aquellos curiosos murales en cuanto tuviera un rato.

Aquella noche, a pesar de estar cansado, durmió mal, y sus sueños se vieron invadidos por extrañas imágenes de una civilización antigua en la que los hombres llevaban sábanas y coronas de laurel.

ᕲᗑᗑᗑᕲ

A la mañana siguiente la vigilancia sobre Humphrey se relajó bastante. El pasaje estaba patrullado por un par de comadrejas con cara de malas pulgas, y como no había ningún otro sitio al que ir, se le permitía trabajar sin estar encadenado; de hecho solo lanzaban alguna mirada esporádica en su dirección. Así, cuando llegaba la panadera a hacer la ronda, nadie le prestaba atención y nadie le pedía que se escondiera. Estaba sentado a la mesa de la cocina desayunando su habitual pan de pasas con mantequilla cuando llegó ella con su cesta. La ratita mostró sorpresa cuando lo vio, y él apartó la mirada deliberadamente. Aquello tampoco lo vio nadie. Tarareando, la panadera desempaquetó poco a poco sus deliciosos productos.

Entonces entró el Suboficial Armiño.

—Aquí tiene la cuenta para que me la firme, Suboficial —dijo ella, con voz dulce.

—Exorbitante, como siempre —respondió él, que garabateó su firma.

En respuesta, Matilda le ofreció un bollo de canela.

—Hoy me han sobrado unos cuantos. ¿Quiere uno?

—¿Y cuánto me va a *costá*?

—Es gratis.

—¿Qué? —preguntó él, desconfiado.

—No le costará nada. Es un regalo, para que recupere las fuerzas. Sé lo duro que trabaja, toda la responsabilidad que tiene.

El Suboficial Armiño cogió el bollo y se lo metió en la boca sin ninguna delicadeza. Mientras masticaba ruidosamente, la panadera se giró hacia Humphrey.

—Me ha sobrado otro —dijo, y le puso el bollo sobre el plato, al otro lado de la mesa.

Sin mucho ánimo, Humphrey dio las gracias, porque a diferencia de algunos tipos que conocía, intentaba ser un animal bien educado.

Mientras fingía recoger sus cosas, la panadera se agachó y miró a

Humphrey a la cara fijamente. Él se la quedó mirando, sin comprender. Matilda le guiñó el ojo, lentamente y con toda la intención.

Hay guiños y guiños, desde luego, y este no era un guiño normal y corriente, sino un guiño cargado de significado. Un guiño «significativo», que, estaba claro, pretendía transmitir algo. No paraba de pensar en ello, absolutamente confundido. Humphrey levantó las cejas, con la esperanza de recibir algún dato aclaratorio, pero ella solo tuvo tiempo de asentir levemente antes de darse la vuelta, recoger las cosas y despedirse dando los buenos días.

Humphrey se quedó sentado, electrizado. Sabía que le acababan de dar un mensaje, pero ¿qué significaba? ¿Qué significaba… específicamente? Le dio vueltas a aquel misterio una y otra vez, analizándolo desde diversos puntos de vista. Al cabo de unos minutos, decidió que no importaba si no podía determinar su contenido específico. Lo «importante» era que la panadera le había dicho que tuviera ánimo. Le había dicho que tuviera esperanza, que en algún lugar lejano alguien estaba haciendo planes para ayudarle; alguien planeaba su rescate. Y lo único que tenía que hacer era estar atento y esperar. No desesperarse, estar atento y esperar.

Estudió el plato y, mientras miraba el bollito, en su rostro afloró una sonrisa casi imperceptible.

CAPÍTULO 22

Tramas y planes

*En el que un elemento conspirador inesperado
propone un plan que a punto está de desbaratar un espía inesperado.*

Efectivamente en la Mansión del Sapo, nuestros cuatro amigos estaban trazando un plan para rescatar a Humphrey, pero a un ritmo algo más lento del esperado. En aquel momento estaban sentados en el jardín de invierno, [73] considerando su siguiente paso.

—Seguro que ya lo habrán trasladado. ¿Cómo le encontraremos?

—Muy sencillo —declaró Sapo—. Haré uso de mi imponente inteligencia para determinar su ubicación. Aunque... —añadió— en los

---

73. Un jardín de invierno es una sala hecha de cristal que sirve como invernadero y que está llena de árboles y plantas delicadas. También es un lugar agradable para sentarse a tomar el té.

últimos tiempos la mente me juega malas pasadas. El gran interés que tenía en los grandes interrogantes de la vida parece haberse evaporado, lo cual no entiendo en absoluto. Pero estoy seguro de que aún me sobra inteligencia para averiguar el mejor modo de traer a mi querido sobrino de vuelta a casa. Hmmmm, veamos —dijo, y se quedó mirando al techo, como si la respuesta pudiera estar allí—. Hmmmm —volvió a decir.

No se oía nada más que el tictac del reloj de la repisa de la chimenea; los segundos se sucedieron hasta convertirse en largos minutos, y la idea genial no acababa de llegar.

—Hmmmm —repitió Sapo.

Rata, Topo y Tejón intercambiaron miradas de asombro.

—Últimamente estoy teniendo problemas para concentrarme —dijo por fin Sapo—. No he vuelto a ser el mismo desde que me dieron aquel golpetazo con una bola de críquet.

—¿Desde que qué? —preguntó Rata.

—Me dieron un golpe en la cabeza con una bola de críquet en el que acabaría siendo mi último día como profesor titular de la cátedra Lumbálgica de Conocimientos Extremadamente Abstrusos. Una mala suerte terrible, ¿no? Ahora que lo pienso, ocurrió el último momento, poco antes de que el director me relevara de mi cargo. Tuvo un comportamiento lamentable. Cabría pensar que un hombre de su categoría debería mostrar más compasión por alguien gravemente herido.

—Ah —dijo Rata, con lentitud—. Quizás eso lo explique todo.

—¿Explicar el qué? —preguntó Sapo.

Estaba claro que el gran profesor Sapo había desaparecido para siempre, y que había regresado el Sapo corto de luces que todos conocían.

—Justo cuando necesitábamos alguna idea genial —murmuró Tejón.

—¿Explicar el qué? —repitió Sapo.

—No te preocupes, Sapito —le apaciguó Topo—. Lo importante es que estás de vuelta entre tus amigos, en tu casa. Bueno, ¿cómo vamos a localizar a Humphrey?

—Yo sé exactamente dónde está —dijo una voz femenina—. Y sé cómo rescatarlo.

Todos levantaron la vista. La voz pertenecía a la rata Matilda, que hablaba desde el umbral de la puerta del jardín, con su cesta, ya vacía, bajo el brazo.

Nuestros héroes, perplejos por un momento, se la quedaron mirando. Sapo se puso en pie y le ofreció una silla, parloteando sin cesar sobre cómo querría el té, si tomaría leche o azúcar o limón, y que por favor se sentara en aquella silla, que era la que tenía las mejores vistas del jardín y el cojín más mullido. Tejón hizo una leve reverencia de cortesía. Rata bajó la vista, incapaz de apartarla de sus propios pies, como si de pronto estos se hubieran convertido en objetos fascinantes. Solo su mejor amigo podría darse cuenta de que aquella timidez ocultaba un corazón henchido de felicidad. Su mejor amigo, Topo, se dio cuenta, e inexplicablemente sintió como el corazón se le encogía.

Después de que Matilda tomara asiento en la mejor silla y de que se le hubiera ofrecido una taza de té y un plato de pastitas, Tejón volvió al asunto que les ocupaba:

—¿Has visto a Humphrey?

—¿Se encuentra bien? —le interrumpió Sapo, ansioso.

—Le acabo de ver esta mañana —respondió ella—. Y parece que está bien. Algo abatido, quizá, pero, por lo demás, sano y bien alimentado.

Sapo suspiró aliviado al oír aquello.

—¡Gracias a Dios! Su madre se haría unas ligas con mis tripas si le sucediera algo.

Durante todo el tiempo que pasó Matilda explicando su visita al cuartel de invierno, Rata evitó cruzar la mirada con ella, y Topo evitó cruzar la suya con la de Rata. Tejón los miraba a todos ellos por turnos, intentando comprender. Solo Sapo parecía ajeno a la tensión que flotaba en el ambiente.

Al final del informe, Sapo preguntó, angustiado:

—¿Qué vamos a hacer? ¡Nunca podremos sacarlo de allí!

—Sí, claro que podremos —replicó Matilda—. Hay algo más que tenéis que saber. Pasado mañana es el cumpleaños del Jefe de las Comadrejas, y ha organizado una fiesta enorme. Está decidido a dar un vuelo en el globo para celebrarlo: por eso hacen trabajar tan duro a Humphrey. Y el Jefe ha encargado el pastel de cumpleaños más grande que se haya hecho nunca. De hecho, ya debería estar en la panadería ahora mismo, empezando a prepararlo; tardaré muchísimo en hacerlo. Pero le he dado muchas vueltas —añadió—, y se me ha ocurrido un plan.

Al oír aquello, todos acercaron sus sillas y estiraron la cabeza. Incluso Rata levantó la vista y escuchó atentamente.

En el piso de arriba, el desaliñado Sammy estaba sentado en la cama, en la habitación de invitados que se le había asignado, mirando a su alrededor, maravillado ante el esplendor y la opulencia del lugar. ¡Lo que daría su mamá por una colcha bordada como aquella, o por un metro o dos de la tela de seda de las cortinas! Probablemente se desmayaría de la impresión. ¿Y si le llevara un trocito? Quizás uno tan pequeño que nadie se diera cuenta…

Pero en cuanto se le ocurrió aquella idea, sintió una vergüenza terrible. El señor Sapo había sido bueno con él, le había dado media corona y una palmadita en la cabeza, una cama blanda en la que dormir y todas las porciones de tarta de limón que había querido. No, no podía pagarle llevándose un trozo de tela de sus cortinas. Sammy se quedó mirando por la ventana, hacia el jardín de la cocina, y vio a su antigua enemiga, la cocinera, recogiendo las hortalizas para la comida. Pero aquello no era distracción suficiente para una comadreja joven e inquieta, así que enseguida se buscó algo que hacer.

Junto a la cama había un enorme libro, que abrió sin esperanzas, puesto que sabía que los libros solían contener grandes cantidades de letra impresa y pocos dibujos, y Sammy no tenía aún edad para poder apreciar un volumen así. Examinó la cubierta: había un chico, curiosamente desnudo, rodeado de un oso, una pantera y un lobo. Pero en lugar de estar asustado ante aquellos temibles animales, como cualquier chico sensato, estaba apoyado contra el peludo lomo del oso. Sammy se encogió de hombros y dejó el libro. Fue hasta la puerta y echó un vistazo por el largo pasillo. No había nadie a la vista. Se coló en la habitación de al lado, la de Humphrey, y miró a su alrededor. Ahí estaba la cajita de pólvora, cubierta de advertencias de peligro. Había matraces, probetas y tubos de ensayo. Y estaba la cometa que habían construido y echado a volar juntos, con el papel de periódico ya amarillento y la pasta agrietada. Salió de la habitación, con su pequeño corazoncito encogido al pensar en el papel que había jugado en la captura de Humphrey. Bajó en silencio por la majestuosa escalera y se encontró con el mayordomo, quien le informó:

—El señor Sapo está en el jardín de invierno con sus invitados —dijo, con tono altivo. Arrugando el morro (porque era de esos que no soportan a las comadrejas), añadió—: Y estoy seguro de que no desea que se le moleste.

—De acuerdo, jefe[74] —dijo Sammy—. Iré a da un paseo por el jardín.

Salió de la casa y, en cuanto estuvo lejos de la vista del malhumorado mayordomo, la rodeó hasta llegar a la entrada del jardín de invierno, donde oyó el sugerente tintineo de las cucharillas y el suave sonido de las tazas de té. Se planteó invitarse a compartir las delicias que pudiera contener la bandeja del té, pero entonces oyó una voz profunda y rotunda que no podía ser más que la del señor Tejón, que parecía muy preocupado. Sammy se ocultó entre las flores, porque no había voz más severa en el mundo que aquella, cuando hablaba en serio. Parecía que decía: «cuartel de invierno». Y luego el señor Rata dijo algo como: «muy vigilado…». Después le pareció oír al señor Topo diciendo: «¿Cómo vamos a…?». Y el señor Sapo dijo: «Haré uso de mi imponente inteligencia…».

Un momento más tarde, Sammy oyó una voz desconocida, más aguda y suave que las demás, pero tranquila y decidida. ¿Quién sería? Se acercó, arrastrándose. La voz pronunció las palabras: «pastel de cumpleaños…».

Sammy aguzó el oído, porque para un jovencito todo lo relacionado con fiestas de cumpleaños en general resulta muy atractivo (sobre todo si hay un pastel de por medio), pero también porque de pronto se le

---

74. «Jefe», para Sammy, es una forma de respeto.

ocurrió que estarían hablando del Jefe de las Comadrejas. Reptando, arrastrando la panza por el suelo, se acercó a la puerta abierta.[75]

—Eso es una genialidad, señorita Matilda —reconoció Tejón—. Me quito el sombrero.

—Gracias, señor Tejón —dijo la voz femenina—. Pero necesitaré otro par de manos que me ayuden a hacerlo lo suficientemente grande. ¿Algún voluntario?

—¡Yo mismo! —se ofreció Rata, antes de que ningún otro tuviera ocasión de abrir la boca.

Hubo una pausa considerable en la conversación. Sammy, consumido por la curiosidad, levantó la cabeza y echó un vistazo por entre las gruesas hojas de un platanero. Y se encontró justo delante con los ojos del señor Sapo, que le miraba fijamente.

—¡Eh! —exclamó Sapo, sorprendido.

—¿Cómo dices? —preguntó Topo.

—Pues que Sammy está ahí, en la puerta —dijo Sapo en voz baja.

Se giraron y vieron la pequeña cabecita asomando por entre los arbustos.

—¡Vaya! Hola, joven Sammy —le saludó Rata de Agua—. ¿Qué estás haciendo aquí?

---

75. Quizá pensaras que solo las serpientes pueden reptar, pero si alguna vez has visto a un ejemplar de la familia de los mustélidos en acción, sabrás lo que quiero decir. Son increíblemente flexibles y sinuosos.

Sammy, cazado in fraganti y rojo de vergüenza, se puso en pie. Vio que la voz femenina pertenecía a una rata; le resultaba familiar, pero no estaba seguro de qué le sonaba. En aquel momento le preocupaban más los otros, que le escrutaban con un abanico de expresiones que iban de la preocupación a la animadversión. Pasó la vista de uno a otro, intentando valorar exactamente el nivel de peligro en que se encontraba. Por desgracia, aquello no hizo más que darle una imagen aún más furtiva y malévola.

—Escuchar detrás de las puertas, eso es lo que está haciendo —rugió Tejón, que era quien tenía la expresión más adusta—. Espiar, eso es lo que está haciendo.

—Venga, Tejón —intercedió Topo—. Estoy seguro de que habrá otra explicación. ¿Verdad, Sammy?

—Yo solo estaba… —balbució Sammy—. Yo solo estaba…

—Escuchando y espiando —repitió Tejón. Se giró hacia Sapo y murmuró en voz baja—: Agárralo. ¿Quién sabe lo que habrá oído?

Sapo se puso en pie tranquilamente y se acercó a la puerta, con la misma parsimonia.

—Sammy, entra y siéntate.

—No hace falta, señor Sapo —replicó Sammy, echándose atrás.

—Sé un buen chico y ven a sentarte con nosotros.

—No, no, de *verdá*, estoy bien. —Sammy retrocedió aún más rápido.

Sapo echó una carrerita y le llamó con voz alegre:

—Hay galletas de chocolate.

Sammy se giró y también aceleró el paso, disculpándose por encima del hombro.

—Se lo agradezco mucho.

—¿No quieres probarlas? —insistió Sapo, jadeando y caminando.

—De *verdá*, no *hase* falta —dijo Sammy, también bajando el ritmo, pero procurando mantener una distancia de seguridad entre ellos.

Sapo echó otra carrerita, y Sammy hizo lo mismo.

—¿Por qué huyes? —preguntó Sapo, jadeando.

—Yo no huyo. ¿Por qué me persigue *usté*?

—No te persigo. Pero deja de correr. Vuelve y tómate una limonada.

—Gracias, señor Sapo, pero no tengo *sez*.

Rata, Topo y Tejón salieron del jardín de invierno y parecía que iban a unirse a la carrera, pero en aquel momento Sammy tuvo la sensatez de sopesar sus opciones, que incluían la de tener que enfrentarse a un posible ataque de ira de Tejón. Aquella opción en particular no le gustaba nada, de modo que salió disparado hacia los árboles, convertido en un confuso borrón de pelo marrón grisáceo.

¿Quién iba a pensar que una andrajosa comadreja pudiera correr tanto?

CAPÍTULO 23

El pastel de Troya

En el que el ingenioso plan de Matilda toma forma
(con algunos episodios algo cursis, pero no demasiado).

La intrépida Matilda acabó trasladando temporalmente su panadería a las cocinas de la Mansión del Sapo para aprovechar el inmenso horno construido un siglo antes para que se pudiera asar en él un buey entero. Los dos días siguientes, nuestros héroes estuvieron muy ocupados con los preparativos secretos. Rata, en particular, obedecía cada orden de Matilda con solicitud, y mezclaba enormes tinas de mantequilla y tamizaba montañas de harina hasta quedar cubierto del polvo blanco, lo que le daba un aspecto fantasmagórico. Cargó y carreteó, removió y amasó, pero en lugar de estar agotado y decaído, estaba agotado y pletórico, y se fue a la cama con una sonrisa en el rostro.

Topo y Tejón se reunieron en un rincón de la biblioteca, estudiaron polvorientos mapas de los diversos senderos y túneles conocidos para entrar y salir del Bosque Salvaje y debatieron la posibilidad de usar diferentes rutas de ataque y huida. Discutieron sobre si Sammy habría reconocido a Matilda, y acerca de si podían o no hacer algo al respecto.

Sapo consiguió pistolas, garrotes y antiguas espadas para todos. Dio con una colección de piezas de viejas armaduras que no sabía que tenía en uno de los almacenes y las carreteó hasta la biblioteca con la intención de montar una armadura completa para cada uno de ellos.

—¡Mirad, chicos! —exclamó, sosteniendo en alto un escudo del siglo XVI y unas manoplas de hierro del XVII—. Creo que tendremos que mezclar un poco las épocas para completar el equipo, pero eso no os importará, ¿verdad?

—Sapo —dijo Tejón—, no me pondré una armadura. De ningún modo.

—Pero, Tejón, ¿por qué no? —insistió Sapo, mientras se enfundaba una coraza de hierro que le cubría el pecho, unas musleras para las patas y un grueso yelmo con una visera que crujía al bajarla.

Tras eso, Sapo cayó de bruces al suelo con gran estrépito.

—Por eso —dijo Tejón.

Con grandes esfuerzos, Sapo consiguió darse la vuelta y se quedó boca arriba, agitándose y debatiéndose igual que si fuera un gran escarabajo metálico.

—¡Eh! ¡Vosotros dos! No…, esto…, no puedo ponerme en pie.

—Exactamente —apostilló Tejón.

A Topo le dio pena Sapo y ayudó a la pobre criatura a ponerse en pie.

—Quizá Tejón tenga razón —dijo—. Probablemente no necesitemos armaduras.

—Bueno, de acuerdo —concedió Sapo, que no se rendía. De pronto se animó y propuso—: ¿Y caballos? ¿Y un cañón? ¿No podemos llevar caballos y un cañón?

—Tampoco creo que necesitemos nada de eso —respondió Topo—. Especialmente porque nos disponemos a lanzar una campaña secreta y silenciosa. No, nos oirían llegar a kilómetros de distancia. Esto... ¿Por qué no vas a la cocina a ver si Rata y Matilda necesitan que les eches una mano?

—Ya lo he hecho —dijo Sapo—. Me han dicho que suba a ver si Tejón y tú necesitáis que os ayude.

—Ah. Ya veo.

El espléndido aroma del pastel que se estaba horneando llegó a la sala. Sapo olisqueó con fruición.

—Por el olor, parece que el pastel ya está muy avanzado. Me pregunto si la señorita Matilda me dejará chupar la cuchara —reflexionó.

Se dirigió de nuevo a la cocina y se encontró a Matilda y Ratita haciendo un gran esfuerzo para sacar un enorme pastel dorado del horno gigante.

—¡Cielo Santo! —exclamó Sapo—. No tenía ni idea de que sería tan grande.

Matilda se secó la frente con el pañuelo.

—Y esto es solo el primer piso. Va a tener tres pisos cuando acabe… —Echó una mirada a Ratita—. Es decir, cuando «acabemos». El Jefe dijo que quería el pastel más grande que se hubiera hecho nunca, y va a tenerlo.

—Desde luego va a ser grande —dijo Rata, mirándola con admiración.

—Y estará lleno de sorpresas —añadió Matilda—. Grandes sorpresas.

—Tres grandes sorpresas, de hecho —completó Rata.

Algo nervioso, Sapo preguntó:

—Hará… Hará suficientes agujeros de ventilación, ¿verdad, señorita Matilda?

—Por supuesto, señor Sapo. No se preocupe por eso. No serviría de nada que llegaran allí medio ahogados. Tendrán que estar en perfecto estado cuando salgan.

—Insisto en que tú no deberías venir, Matilda —dijo Rata, mordiéndose el labio.

—Tonterías —repuso ella, dándole una palmadita en la patita y mirándolo con cariño—. Sé que lo dices por mi bien, Ratita, pero soy la única que conoce el camino. Y soy la única que puede meteros. No hablemos más del tema. Ahora necesito tres libras de mantequilla, y en la despensa ya no hay más. ¿Quieres ir a comprármela a la tienda?

Suerte que Topo no estaba allí para verlo, porque Rata obedeció con tanto entusiasmo que daba la impresión de que para él no había misión más importante en el mundo que la de ir corriendo a la tienda en busca de tres libras de mantequilla.

᷐᷐᷐᷐᷐

A la mañana siguiente, al alba, nuestro equipo se reunió en la cocina para ensamblar el enorme pastel, que tenía una altura equivalente a la de tres comadrejas. Matilda ahuecó hábilmente cada piso con un largo cuchillo afilado antes de montar uno encima del otro. Luego, con una gran espátula de madera, prácticamente del tamaño de un remo, extendió una espesa capa de cobertura azucarada por encima de todo el pastel. Por fin cogió una varilla fina y perforó varios agujeros de ventilación en cada piso.

—Bueno —dijo, por fin—, eso debería bastaros. Y para cuando haya acabado con la cobertura, los orificios no se verán —añadió, mientras llenaba la manga con la cobertura rosada, que tenía en un barril—. Venid dentro de una hora. Y no olvidéis traer una escalera.

Nuestro equipo de guerreros volvió a la biblioteca para echar un último vistazo a sus mapas y dar los últimos toques a su plan.

—Recordad —dijo Tejón—. No mováis un músculo hasta que hayan acabado de cantar. Entonces el Jefe soplará la vela y todo el mundo aplaudirá. Esa será la señal.

—¿Y si no oímos nada desde dentro del pastel? —preguntó Sapo.

—Yo estaré ahí cerca, y daré un golpe en la parte superior —respondió Tejón—. Créeme: eso lo oiréis.

El mayordomo entró y anunció:

—La señorita Matilda informa de que está lista.

Todos cogieron sus armas y bajaron en tropel a la cocina, donde encontraron su singular escondrijo cubierto de florecillas rosas y azules. Su máquina de guerra tenía el aspecto de un inocente pastel de cumpleaños. Lo examinaron de cerca y alabaron el trabajo de Matilda.

—¡Es perfecto! —exclamó Rata—. Si no supiera lo que es, me engañaría por completo.

—Es un caballo…, bueno, un pastel de Troya —dijo Topo.

—Bien hecho —concluyó Tejón.

—Ejem… Hay suficientes agujeros de ventilación, ¿verdad? —preguntó Topo.

Matilda se sentía más que halagada ante tantos cumplidos. Con cuidado, cargaron el pastel en la mejor carretilla del jardinero. Sapo y Topo treparon por la escalera y se metieron dentro del pastel, con cuidado de no estropear la cobertura. Entonces le llegó el turno a Rata. Pero primero cogió a Matilda de las patitas y le dijo:

—Nos embarcamos en una misión peligrosa. Si algo va mal, prométeme que te salvarás.

—Te lo prometo —contestó ella.

Se miraron a los ojos con intensidad y se rozaron el morro suavemente.

Tejón apartó la mirada y se aclaró la garganta:

—Es hora de irnos —anunció con brusquedad.

Rata se introdujo en el pastel, pero no antes de lanzar una mirada de lo más explícita a su amada. Tejón colocó la falsa tapa del pastel en su sitio. Del interior le llegaron voces apagadas:

—¡Me estás chafando!

—¡Aparta!

—¡Ya me he apartado!

—Vosotros, callaos —ordenó Tejón, y de inmediato se hizo el silencio.

Matilda puso una última tira de glaseado para tapar la ranura de unión de la tapa. Dio la vuelta alrededor del pastel, examinándolo con ojo crítico, y le dio el visto bueno.

—Muy bien —dijo—. Solo queda una cosa...

Cogió un gran delantal, un pañuelo para el cuello y un gorro blanco de la alacena y se los dio a Tejón, que se disfrazó como si fuera su ayudante.

—¡Ahí vamos! —exclamó Tejón, levantando la carretilla.

—¡Cuidadito! —dijo una voz desde el pastel.

—Callaos —respondió Tejón—. Tenemos un largo viaje por delante, y no quiero oír ni una palabra en todo el camino. Ni una. ¿Entendido?

Se hizo el silencio.

Matilda cogió su cesto. Contenía dos barras de pan francés, cada una de las cuales escondía una larga porra. Abrió la puerta de la cocina para que pasara Tejón con su carga y se pusieron en marcha en dirección al oscuro corazón del Bosque Salvaje.

CAPÍTULO 24

La gran fiesta de cumpleaños

En el que tanto el Jefe de las Comadrejas como nuestros héroes
reciben una desagradable sorpresa.

El viaje de nuestros héroes y nuestra heroína estuvo sembrado de peligros, pero no de los que suelen encontrarse en la típica historia de aventuras. En primer lugar, había que proteger la frágil cobertura del pastel del roce de las ramas bajas, y Matilda tenía que ir por delante de Tejón para ir abriendo el paso. Por otra parte, el día era bastante cálido, lo cual afectaba negativamente a la comodidad y a la moral de los tres guerreros confinados en el interior de aquella nave tan poco ortodoxa, lo que provocó alguna protesta ocasional, acompañada de uno o dos golpes que podían —o no— corresponder a algún codazo en las costillas.

—Callaos. Puede haber espías por ahí —susurró Tejón—. ¿Cómo vamos a explicar que llevamos un pastel que habla?

Alguien (posiblemente Sapo) murmuró una protesta, seguramente algo relacionado con el calor.

—Si no os calláis ya, voy a taparos los agujeros de ventilación —amenazó Tejón.

—Ya falta poco —anunció Matilda, hablando en voz baja y directamente sobre uno de los orificios—. La entrada de proveedores está en el siguiente claro, así que preparaos. ¿Todo listo, señor Tejón?

—Todo listo, señorita Matilda.

—Muy bien. Pues ahí vamos.

Llegaron al siguiente claro, donde había un cartel pintarrajeado que decía ENTRADA *ESCLUSIBAMENTE* PARA *PROBEEDORES*.

Matilda respiró hondo y se alisó el delantal, hizo un gesto con la cabeza a Tejón, que asintió a su vez, y llamó al timbre.

Se oyeron los pasos de alguna alimaña por el interior. La puerta se abrió y apareció el Suboficial Armiño. Frunció el ceño y dijo:

—Justo a tiempo. Estábamos a punto de *empezá*; imagínate si no llega el pastel —dijo. Se quedó mirando al enorme ayudante de panadero, que escuchaba en silencio—. ¿Quién es ese? —preguntó, desconfiado.

—¿Quién? ¿Este? —respondió Matilda, decidida—. Es mi ayudante. Me ayuda en la panadería.

—Nunca lo había visto. ¿Qué está haciendo aquí?

—¿Ha visto el tamaño del pastel? No pensará que podía traerlo hasta aquí yo sola, ¿no? —respondió, sin poder evitar una mueca de desdén.

—¿Y cómo se llama?

—Se llama… Igor —dijo ella. Hizo un gesto con la cabeza y se dirigió al interior—. Sígueme, Igor —ordenó, e Igor se puso en marcha tras ella.

Muy pronto llegaron a la cocina y se encontraron con un montón de comadrejas y armiños que estaban ultimando los preparativos frenéticamente, cortando docenas de sándwiches y preparando un gran bol de ponche. Por un momento se detuvieron, pasmados de admiración al ver el pastel, y luego salieron correteando al salón principal cargados con bandejas de comida. Matilda buscó a Humphrey por toda la cocina, pero no estaba por ningún sitio.

—Aquí no está —le susurró a Tejón—. Esperaba que estuviera aquí mismo. ¿Dónde puede estar?

Tejón echó un vistazo a la gran sala, donde cientos de armiños y comadrejas esperaban sentados en largas mesas, brindando por la ocasión, celebrándola, entrechocando los vasos y pateando el suelo con los pies y golpeando las mesas con sus pequeños puños. A la cabeza de la mesa, bajo una pancarta con estrellas que decía: ¡FELÍ CUMPLEAÑOS AL GEFE DE LAS COMADREJAS!, estaban el Jefe, el Suboficial Armiño y sus esbirros. Todos llevaban coronas de papel pinocho de vivos colores, salvo el Jefe, que llevaba una corona dorada de cartulina.

—Nos están indicando con gestos que salgamos —dijo Tejón.

—Deja que le ponga la vela —respondió Matilda.

Encendió una cerilla y, justo en aquel momento, apareció una pequeña comadreja andrajosa por un oscuro pasaje.

Sammy y Matilda se miraron, estupefactos. Pero en lugar de salir corriendo hacia la cabeza de la mesa, Sammy dio media vuelta y desapareció por donde había venido.

—¡Auch! —exclamó Matilda, dejando caer la cerilla consumida—. ¡Cielos…, me ha descubierto!

—Entonces tenemos que actuar con rapidez —dijo Tejón—, antes de que dé la alarma.

—Pero ¿qué está haciendo? ¿Adónde va?

—No hay tiempo. Nos están haciendo señales para que salgamos.

Justo en aquel momento, la multitud de la sala se puso a cantar la tradicional canción de cumpleaños de las comadrejas:

Porque es una comadreja excelente,
porque es una comadreja excelente,

porque es una comadreja excelenteeeeeeee,

y siempre lo será.[76]

Matilda encendió otra cerilla y se puso de puntillas para encender la vela. Con la ayuda de Tejón, trasladó la tarta hasta la sala, lo cual levantó los aplausos de los presentes.

—¡Vaya, qué *pasté* tan espléndido!

—¡Es el *majs* grande que he visto nunca!

—Para mí está bien, pero… ¿qué vais a *comé* los demás? ¡Ja, ja!

En el interior del pastel, nuestros *pastelnautas*.[77] oyeron como aumentaba el estruendo. Apretaron los puños, agarrando sus garrotes con fuerza.

Y entonces…

Repitieron la canción.

Y entonces…

Repitieron la canción, una y otra vez.

Ocho minutos más tarde, la vela ya se había consumido… y lo mismo las tres que puso Matilda para sustituir a la original. Sonreía

---

76. Como ya habrás adivinado, se canta con la música de «Porque es un muchacho excelente». No obstante, lo que diferencia la versión de las comadrejas es que se repite «interminablemente»; tanto que hasta las comadrejas acaban cansándose.

77. Sí, ya sé que pastelnauta es una palabra que no existe, pero en estas circunstancias debería existir, ¿no te parece?

con un gesto forzado que empezaba a parecer una mueca. En el interior del pastel, Rata tenía los bigotes erizados de tensión, Topo tenía un pie dormido y Sapo estaba sudando profusamente. La expresión tensa de Matilda se volvió cada vez más desesperada, y hasta Tejón, el más impasible de los animales, parecía algo nervioso.

Por fin —¡por fin!— hasta el Jefe de las Comadrejas se hartó de la canción e indicó que se había acabado. Se puso en pie en el estrado e intentó soplar la vela, pero el pastel era demasiado alto y el Suboficial tuvo que buscarle una silla. El Jefe de las Comadrejas se subió, cogió aire y apagó la vela. La sala se llenó de vítores.

—¡Ahora! —gritó Tejón.

Con un tremendo rugido, se arrancó el gorro y el delantal, y agarró una de las largas barras de pan. En el interior del pastel, nuestros tres amigos oyeron la señal y se lanzaron en vertical contra la tapa, que no se movió ni un centímetro.

CAPÍTULO 25

La gran batalla del cumpleaños

En el que una barra de pan y una mente despierta arreglan las cosas.
Y en el que la amistad se ve recompensada.

El silencio se hizo en la gran sala, completo salvo por los alegres gritos de la mesa de los más pequeños, situados en un extremo, y que eran demasiado bajitos para ver lo que estaba ocurriendo, o demasiado jóvenes para entender la desgracia que se cernía sobre el grupo.

El Jefe de las Comadrejas, con los ojos desorbitados de incredulidad, por fin recuperó el sentido y chilló:

—¡Socorro!

—¡Traición! —gritó el Suboficial Armiño.

—¡Un espía! ¡Un espía! —exclamaron los secuaces.

El valeroso Tejón, un tipo duro donde los haya, se encontró solo ante centenares de enemigos, pero ¿dudó acaso? No. Le asestó un porrazo con su barra de pan al Jefe de las Comadrejas, que soltó un gemido y salió corriendo tras la mesa hasta esconderse tras el Suboficial Armiño.

El Suboficial escrutó a Tejón con ojos crueles y dijo:

—¿Está *usté* aquí solito, señor Tejón? Qué lástima que sus amigos no estén aquí *pa* ayudarle. ¡Cogedle, chicos!

Los secuaces, vacilantes, se resistían a cumplir la orden.

—Pero es Tejón —protestó uno.

—Ya sé que es Tejón. Ya veo que es Tejón —espetó el Suboficial Armiño—. ¿Creéis que me he *quedao* ciego? ¡Venga, chicos! Está solo, y nosotros somos cientos. ¿No lo veis? ¿A qué esperáis? ¡Seguidme!

El Suboficial agarró una porra y se lanzó contra Tejón, seguido por una docena de soldados. La gran porra de Tejón silbó cortando el aire, y por un momento les hizo retroceder. Agitó el garrote a izquierda y derecha, aquí y allá, pero cada vez eran más las alimañas que, al ver al gran guerrero solo, se animaban y se lanzaban contra él. Un momento más tarde eran ya una multitud y Tejón se encontró cubierto por una horda de animales. A pesar de su entereza y su valentía, empezó a quedar sumergido ante semejante número de enemigos.

¿Y nuestros *pastelnautas*? ¿Y Matilda? A la ratita se le había helado la sangre en las venas ante la visión de Tejón desapareciendo bajo un enjambre de comadrejas, pero decidió actuar. Se subió a una silla y le dio un mamporro al canto del pastel con su barra de pan. Los tres guerreros que estaban dentro, empujando la tapa con todas sus fuerzas, salieron a presión, como si fueran un torrente de sapos, una cascada de ratas y una oleada de topos, soltando gritos de guerra a todo pulmón, multiplicándose ante aquel enorme ejército. Corrieron en ayuda de Tejón y enseguida lo sacaron a flote. La mitad de los armiños y de las comadrejas dieron media vuelta y corrieron hacia el otro extremo de la sala, chillando, subiéndose por la chimenea o escondiéndose bajo las mesas. La otra mitad aguantó el envite, pero caían como moscas.

Tejón le gritó a Matilda:

—¡Regresa y sigue a ese Sammy! Él sabrá dónde está Humphrey.

Ella salió disparada, abriéndose paso con su barra-porra.

❧❧❧

En el otro extremo del pasaje que salía de la cocina, Sammy y Humphrey estaban sentados jugando una partida de ajedrez. Ninguno de los dos podía concentrarse, pero por motivos muy diferentes. Sammy se agitaba, nervioso, mientras que Humphrey estaba pasivo, apático. La comadreja por fin miró a su amigo y le dijo:

—Tu tío y sus amigos tienen un plan, Humphrey. Te vienen a *rescatá*.

—¿Ah, sí? —reaccionó Humphrey, airado—. ¿Vas a chivarte?

Sammy se lo quedó mirando.

—¿Por qué iba a *hacé* algo así?

—Bueno…, pensé que lo harías. Como se trata de tu tribu y eso…

—Tú siempre me has *tratao* bien, Humphrey. Has *sío* mi amigo.

—Aún lo soy —protestó Humphrey.

—*Na* —respondió Sammy, sacudiendo la cabeza, abatido—. Dudo que nos vuelvan a *dejá jugá* juntos. Te echaré de menos. Y echaré de menos nuestra cometa. Ese fue el *mejó* día de mi vida —recordó. Se sorbió la nariz y apartó la mirada.

—Entonces supongo que esto es la despedida —dijo Humphrey. Las gafas empezaban a empañársele.

—Sí, supongo que sí. Me quedaré aquí *sentao* contigo hasta que lleguen. Si te parece bien.

—Sí, por favor. Me gustaría.

Al otro lado del pasaje se oían gritos. Muy pronto llegaron alaridos furiosos de los guerreros, impactos de porra y el entrechocar del acero.

Humphrey empezó a temblar de nervios.

—Oh… Tengo… miedo.

—Yo también —reconoció Sammy—. Yo también. Ven, dame la pata.

Se cogieron de las patitas y se quedaron el uno al lado del otro, temblando juntos. Y esperando lo que tuviera que pasar a continuación.

Por fortuna, lo que pasó fue que llegó Matilda. Entró corriendo a la sala y dijo precipitadamente:

—Humphrey, ¿sabes quién soy?

—Usted es la panadera —susurró él—. Me guiñó el ojo.

—Así es. Soy la panadera y te guiñé el ojo. Estoy aquí con tu tío, con Rata, con Topo y con Tejón. Están en el gran salón en este mismo momento. Venga, sé buen chico y vente conmigo. No hay por qué tener miedo. Te llevaré a tu casa en un santiamén.

¡Casa! Qué preciosa palabra. Qué palabra más reconfortante. Y cómo resonaba en el corazón de Humphrey. ¡Ah, casa! Para alguien que había sido secuestrado, engañado y apresado, que había sido sometido a largas jornadas de trabajos forzados, a duras noches de soledad, ¿podía haber alguna palabra más reconfortante? Dejó a Sammy y se dirigió hacia Matilda, pero por un momento vaciló.

—Tengo que irme, Sammy.

—Vete, Humphrey… No pasa *na*. Siento muchísimo lo que ha pasao. No estarás *resentío* conmigo, *¿verdá?* Lo siento muchísimo.

—No tenemos tiempo —le apremió Matilda—. Hay que darse prisa.

Y aunque Humphrey sentía el corazón en un puño, y pese a que tenía más cosas que decir, se puso en marcha y echó a correr por el pasaje, con Matilda a su lado.

Un minuto más tarde llegaron a la cocina. Echaron un vistazo al salón, donde nuestros héroes se abrían paso, barriendo a sus enemigos. Los armiños chillaban; las comadrejas aullaban. Se oían gritos e improperios de lo más grosero: «¡Cáspita!», se oyó, o «¡Maldita sea!», e incluso «¡Por todos los demonios!», y otras exclamaciones de rabia que es mejor no repetir aquí.

Sapo, rabioso, se había hinchado hasta alcanzar un tamaño enorme: blandía su garrote y aullaba como un poseso. Tejón, convertido en una masa enorme y gris, luchaba en silencio, lo que lo hacía aún más aterrador. Topo, enardecido, iba dejando un camino negro de destrucción a su paso. Y la valerosa Rata, con el pelo erizado, se lanzó contra el Suboficial Armiño y el Jefe de las Comadrejas hasta que estos se echaron atrás y pidieron clemencia.

—¡Nos rendimos! ¡Nos rendimos! —gritaron de rodillas, lloriqueando.

Ante aquella escena de patetismo, Tejón levantó la pata y gritó:

—¡Ya basta! ¡Echaos atrás!

Lo dijo con tal autoridad que los demás interrumpieron su avance y callaron.

—Creo que ya han tenido bastante —dijo Tejón—. ¿Habéis tenido bastante, Jefe?

—Oh, sí, oh, sí —respondió este, quejumbroso.

—¿Y tú? ¿Has tenido bastante, Suboficial?

—Sí, sí, señor Tejón —contestó el otro, postrado a sus pies—. Apiádese de nosotros. Sé que es *usté* un caballero, señor.

Tejón se giró hacia los otros y dijo:

—Dejadlos.

—¡Pero, Tejón! —se lamentó Sapo—. ¡Déjame aporrear a unos cuantos más! Al fin y al cabo, a quien se han llevado es a mi sobrino. Y hablando de él… ¿Dónde está?

—Estoy aquí, tío Sapo —soltó Humphrey, haciendo gestos desde la cocina.

—Gracias a Dios, hijo mío. ¿Estás bien? Qué susto nos has dado.

—Está bien —dijo Matilda.

Humphrey y ella salieron de la cocina y pasaron por entre aquel devastado salón: había mesas y sillas volcadas; botellas y vasos rotos por el suelo; y bocadillos y trozos de tarta de cumpleaños aplastados por todas partes.

—Tejón tiene razón —añadió Topo—. Ya han recibido su merecido, ¿no os parece? Dejemos que se coman su pastel y llevémonos a Humphrey a casa. Es hora de una buena cena y una taza de té.

—Bueno, de acuerdo —accedió Sapo, que agitó su garrote un par de veces más, derribando animales imaginarios—. ¿Estás seguro de que no puedo cargarme unos pocos más?

—Yo creo —intervino Tejón de nuevo, hablando muy despacio— que todos debemos un gran reconocimiento al genio de quien ha ideado esta batalla tan exitosa. Y estoy hablando, por supuesto, de la señorita Matilda.

—¡Bien por ella! —gritó Rata.

Topo sintió una desagradable punzada de celos (malsanos, lo reconocía) en lo más profundo de su corazón.

Rata echó un vistazo a su amigo.

—Topo, mírate la pata. Estás sangrando, ¿no?

—No es nada —respondió Topo, fingiendo estoicamente que no le dolía como un demonio—. Es solo una herida.

—Déjame ver —dijo Matilda, que inspeccionó el corte y luego arrancó una fina tira de tela limpia de algodón de su delantal. Le vendó la herida con tanto mimo que el dolor de Topo cesó, y empezó a pensar que quizá no sería tan mala idea tenerla cerca.

—¡El bueno de Topito! —gritó Rata—. Un guerrero estoico. ¡Qué tío!

Y eso levantó el ánimo de Topo, que lamentó haber tenido pensamientos mezquinos, aunque fuera por un momento.

Tejón se subió al estrado, con los ojos de todas las comadrejas plantados en él.

—Bueno, que esto os sirva de lección a todos. Topo, que es un tipo de buen corazón, ha intercedido por vosotros, así que vamos a dejaros los restos del pastel, aunque no os lo merecéis. Así pues, cuidad vuestros modales. Se ha acabado eso de raptar sobrinos, o cualquier otro familiar, ya puestos. ¿Está claro?

—Sí, sí, señor Tejón —respondieron todos, agachando la cabeza—. Sí, sí, señor, sí, claro.

—Bueno, Topo —prosiguió Tejón—, quiero que Humphrey y tú volváis subidos a la carretilla. Estás herido, y aunque solo sea un rasguño, cuenta. Y seguro que Humphrey está exhausto con tantas emociones. —Y al ver que Topo se disponía a protestar, añadió—: No quiero oír ni una palabra. Venga, sube.

Humphrey, a quien le temblaban las rodillas tanto que no se veía capaz de volver a casa caminando, acogió encantado la noticia de subirse a la carretilla con Topo.

Todo el grupo se puso en marcha. Atravesaron el gran salón hasta la puerta principal. Una vez que estuvieron en el exterior, se detuvieron para respirar aire puro y limpiar los pulmones del humo de la batalla. Humphrey echó la vista atrás y por un momento vio a Sammy asomado a la puerta, agitando la pata a modo de despedida. Al momento alguien tiró de la pequeña comadreja, que desapareció, y la puerta se cerró de un sonoro portazo.

—Es una pena lo del pastel —le dijo Rata a Matilda—. Tu creación más magnífica, destrozada de ese modo.

—No importa —contestó ella—. Había que hacerlo. Siempre puedo preparar otro igual.

—Bueno, igual igual no —repuso Rata, entre risas.

Emprendieron el camino de vuelta. Tres de nuestros héroes estaban pletóricos por el éxito de su misión, y el cuarto (Rata) estaba eufórico por la presencia de la quinta heroína (Matilda), así que a ninguno de ellos les importaba la fatiga. Charlaron y se rieron reviviendo momentos críticos de la batalla y congratulándose, quizás algo más de lo debido, pero aquello era normal en un grupo de animalitos sobreexcitados; en tales circunstancias era más que excusable.

Humphrey quedó un tanto decepcionado al ver que su tío ya no era un genio, pero estaba feliz y contento de que le hubieran rescatado.

Por fin, al anochecer, los agotados guerreros llegaron a su querido río, el más acogedor de los paisajes para ellos, una visión que reconfortaba hasta los ojos más cansados. Subieron a la barca de remos de Rata y a la batea de Sapo para acelerar el regreso a casa. Humphrey, agotado, se recostó en la proa y se quedó admirando la luna llena sobre los árboles. La verdad es que era una luna muy llena. Y se alzaba muy rápidamente en el cielo. Y —qué raro— emitía un murmullo rabioso.

Un segundo más tarde se oyó un sonoro ruido en el agua, entre las embarcaciones, tan potente que no podía ser el chapoteo de algún pez al saltar. Humphrey constató, perplejo, que lo que estaba viendo no era la luna, sino el globo de Sapo, tripulado por un enjambre de ruidosos armiños y comadrejas armados con mosquetones y pistolas. Agitaban los puños y los bombardeaban con una lluvia de verduras podridas y piedras de un tamaño enorme.

CAPÍTULO 26

Ingratitud y traición

O de que la palabra de una comadreja no vale más que el papel en el que está escrita.

¡Horror! Los proyectiles silbaban por el aire y caían con gran estruendo en el agua.

—¿Qué sucede? —gritó Sapo, al quedar empapado con la salpicadura de una roca que cayó en el agua a un par de palmos de su embarcación.

—¡Mira! —exclamó Humphrey, que por un momento se olvidó de que sus vidas corrían peligro. Señaló, asombrado, el globo en el que tanto había trabajado—. ¡Vuela! ¡Mira, tío Sapo, vuela!

—¡Nos atacan! —aulló Rata.

—¡Remad, chicos, remad! —gritó Topo.

—¡Lo conseguí! —exclamó Humphrey.

—¡Siéntate! —ordenó Tejón, cargando todo su peso sobre el remo.

Las embarcaciones aceleraron su rumbo río abajo en la penumbra. Por fortuna para nuestros guerreros, la providencia les sonrió brevemente y el viento se puso a su favor, frenando el avance del globo y permitiéndoles alcanzar la caseta del embarcadero, relativamente segura. Saltaron de las barcas y echaron un vistazo al globo, río arriba.

—Tenemos que llegar a la mansión —decidió Tejón—. Es nuestra única posibilidad.

Todos miraron hacia la gran extensión de césped que los separaba de la seguridad que ofrecían las paredes de piedra de la casa.

—Está lejísimos —murmuró Sapo—. Vaya, ¿por qué se me ocurriría tener un jardín tan «imponente»?

Tejón miró a Humphrey, que realmente era un sapito muy pequeñajo, con unas piernas muy pequeñajas, y le preguntó:

—¿Puedes correr hasta allí?

—Esto… Lo puedo intentar…

Pero antes de que acabara la frase, Tejón lo levantó del suelo y se lo echó al hombro como un saco de avena. Miró a los demás y dijo:

—¿Qué? ¿Venís?

Y, sin más, se puso a correr hacia la mansión, con Humphrey dando botes sobre su hombro y agarrándose las gafas como podía.

—Tejón tiene razón —reconoció Matilda—. Debemos ir a toda prisa —dijo, levantándose las faldas—. ¡Mirad! ¡El viento está cambiando!

En efecto, la veleidosa fortuna, que tan amablemente les había sonreído solo unos momentos antes, había decidido ahora conceder sus favores al enemigo. El globo se dirigía hacia ellos a gran velocidad. Rata, Topo, Matilda y Sapo se miraron y salieron tras los pasos de Tejón y su carga, corriendo a toda velocidad. Un enorme coro de risas socarronas, abucheos y disparos procedentes del cielo iban acercándose. Sapo, furioso por tener que cruzar su propio césped a la carrera, se detuvo un momento para hacerles gestos airados y gritarles insultos irreproducibles, pero lo único que consiguió fue recibir el impacto de un tomate podrido y a punto estuvo de caerle encima una col marchita.

—¡Mirad cómo me habéis dejado la levita! —gritó—. ¡Cubierta de tomate podrido! ¡Pagaréis por esto!

—Ja, ja, ja, ¡Mira cómo corre el señor Sapito! ¡Chúpate esa, imbécil!

Para entonces los demás ya estaban a salvo en el gran pórtico de piedra y saltaban, gritaban y le hacían gestos.

—¡Sapo! ¡No pierdas el tiempo! ¡Corre!

Un disparo levantó un trozo de tierra a solo unos centímetros de sus patas, lo que le hizo reconsiderar la necesidad de reclamar el pago de la tintorería. Corrió los últimos treinta metros a una velocidad impresionante, a pesar de que su avance se veía obstaculizado por una intensa lluvia de verduras podridas.

—Pensé que te iba a perder, tío Sapo —dijo Humphrey.

—No seas tonto, hijo mío —respondió él, jadeando—. Aún no ha nacido la comadreja que pueda acabar con el viejo Sapo. Sin ir más lejos, recuerdo que durante la gran batalla de la Mansión del Sapo…

—No hay tiempo para batallitas —le interrumpió Rata—. Si no me equivoco, se dirigen al tejado.

Levantaron la vista y vieron la aeronave flotando hacia las almenas.

—Debo decir que no gobiernan el globo demasiado mal —reconoció Sapo—, teniendo en cuenta que no se puede virar. Yo necesité días de práctica para…

—Venga, Sapo, cállate ya —dijo Rata.

—Ya basta —ordenó Tejón—. Todo el mundo dentro. Tendremos que montar guardia en el tejado.

—Quiero que te lleves a Humphrey a su habitación y que cierres la puerta por dentro —le dijo Rata a Matilda—. No salgáis hasta que alguno de nosotros vaya hasta allí.

Entraron todos corriendo en el salón y se encontraron de frente al agitado mayordomo, con la cocinera hecha un atajo de nervios y el ratón friegaplatos agarrotado de la tensión.

—Id a la bodega —ordenó Tejón—. Encerraos allí y no salgáis hasta que os comuniquemos que todo está despejado. ¿Está claro?

Ellos se quedaron mirando a su señor, dubitativos, pero este asintió.

—Hemos sido víctimas de una emboscada lanzada por comadrejas y armiños que se dirigen al tejado. ¡Decenas…, no, montones…, no, cientos de ellos! Yo, en vuestro lugar, haría lo que dice el señor Tejón.

Los criados palidecieron y se fueron corriendo. Los guerreros se dirigieron a la sala de armas. Matilda y Humphrey emprendieron la ascensión por las escaleras, pero el joven sapo se detuvo y dijo:

—¡Espera! Tengo una idea, pero primero debo pasar por la cocina.

—No es momento de pensar en comer —le regañó Matilda.

—No estoy pensando en comer. Estoy pensando en un arma —dijo Humphrey, que dio media vuelta y se fue corriendo a la cocina.

Matilda, estupefacta, no tuvo otra opción que seguirle.

Nuestros héroes, mientras tanto, habían llegado ya a la sala de armas. Abrieron las puertas y se encontraron con un arsenal de armas de todo tipo, modernas y antiguas, todas mezcladas en un enorme desorden. Se quedaron mirando el montón de picas, alabardas y ballestas.

—Esto… —dijo Sapo—. Hace tiempo que quiero ordenar esto.

Tejón se abrió paso entre las armas y sacó una temible hacha de guerra. Topo siguió sus pasos y eligió una maza de aspecto siniestro. Rata sacó un par de brillantes pistolas. Sapo, quizá pensando en sus tiempos de pirata, eligió un largo y reluciente espadón. Lo probó agitándolo en el aire una, dos veces —suish, suish— y dijo:

—¡Espléndido!

—Se han acabado los juegos —advirtió Tejón—. ¿Todos listos?

—Listos —respondió Rata.

—¡Al techo! —gritó Topo.

—¡Lucha sin cuartel! —añadió Sapo, excitado—. ¡Qué valor, esos tipos!

¡Aterrizar en mi propio tejado con mi propio globo! Les voy a enseñar una cosita o dos. ¡O tres o cuatro!

Fueron corriendo hasta las escaleras. Sus pasos resonaban sobre las baldosas. Cruzaron el rellano y se encontraron con Humphrey y Matilda, que corrían en otra dirección.

—¿Adónde vais? —exclamó Rata, sin pararse—. ¿Qué es lo que lleváis?

—No hay tiempo —gritó Matilda, que siguió a Humphrey por el largo pasillo que llevaba a su habitación.

Soltaron su carga sobre la cama. Matilda cerró la puerta, mientras Humphrey apartaba los libros y los utensilios que tenía junto a la ventana, para dejar un espacio libre para trabajar.

—Pásame ese tubo —dijo.

La cometa, olvidada en un rincón, asistía en silencio a sus desesperados preparativos.

Mientras tanto, nuestros cuatro amigos seguían subiendo escaleras, dejando atrás las habitaciones de invitados, la de los niños y las de los criados.

—¡Vaya! —rebufó Sapo—. ¿Por qué tiene que haber tantas escaleras? ¿Por qué tengo que tener una casa tan «imponente»? Prometo que a partir de ahora llevaré una vida mucho más sencilla.

—¡Deja de quejarte! —dijo Rata—. ¡Y no te quedes atrás!

Por fin llegaron al desván, un lugar enorme y lúgubre, donde se detuvieron un momento para recuperar el aliento y preparar las armas. Entonces llegó el momento. Se apostaron contra la puerta del tejado.

—¿Listos? —susurró Tejón—. A la de tres.

Rata pensó en Matilda, que esperaba abajo, y se preguntó si volvería a ver su rostro, a rozar el morro con el de ella.

—Uno.

Topo pensó en el río y se preguntó si volvería a navegar en la minúscula barquita azul y blanca con un buen libro en la mano.

—Dos.

Tejón pensó en su acogedora madriguera y se preguntó si volvería a sentarse frente al fuego una noche de invierno, en zapatillas, calentándose los pies y disfrutando de una taza de chocolate caliente.

—¡Tres!

Sapo, que apenas había tenido tiempo de reponerse, no tuvo tiempo de pensar en nada, pues para entonces ya estaban atravesando la puerta.

Ante ellos apareció el espacio abierto del tejado y allí estaba el cañón, que se mantenía en perfecto estado para disparar las salvas del cumpleaños de la reina. Y justo encima flotaba el gran globo, rebosante de enemigos que chillaban enfervorizados. Sus alaridos aumentaron de volumen aún más cuando vieron a los cuatro amigos en el tejado. Del globo colgaba una cuerda, por la que ya empezaba a bajar la primera de las alimañas.

—¡No deben tomar el cañón! —gritó Tejón—. Si lo logran, estamos acabados.

Los cuatro guerreros cruzaron el tejado a la carrera y se encontraron con una andanada de tiros de mosquete, lo que los obligó a resguardarse tras las chimeneas, donde se quedaron observando, impotentes, mientras el enemigo iba ocupando el tejado.

—¿Qué vamos a hacer? —gritó Sapo.

—Tendremos que esperar a que se queden sin munición —dijo Rata—. Luego avanzaremos.

Topo se quitó su abrigo, y luego su casaca color mandarina *mélange*, que colgó de la punta de su espada. Al momento recibió una lluvia de disparos que la dejaron como un colador y, un momento más tarde, oyeron los ruiditos de las armas descargadas de las comadrejas.

—Buen trabajo —dijo Rata—. Te compraré otra cuando acabe esto.

Topo se quedó mirando su casaca destrozada:

—No importa. Tampoco me sentía muy a gusto con ella.

—¡Adelante! —gritó Tejón, y los cuatro salieron de su escondrijo y corrieron hacia el enemigo.

Sapo se encontró cara a cara con el Suboficial Armiño y gritó:

—*En garde!*

—Siempre tan pretencioso, Sapo —se mofó el Suboficial—. Te voy a *da* pa bajarte los humos.

—¿Pretencioso? —se ofendió Sapo—. ¡Ya te enseñaré a ser pretencioso!

Saludó formalmente a su rival, agitando la espada, y el tejado se convirtió de pronto en la cubierta del *Batracius* y el Suboficial en ese malandrín imaginario. El almirante lanzó un mandoble contra él, le hizo retroceder hasta una torreta y a su vez tuvo que dar unos pasos atrás en dirección a una chimenea. El duelo prosiguió adelante y atrás, pero esta vez no había ningún loro imaginario que decantara la balanza.

Rata, que mantenía a raya a un buen puñado de armiños, levantó la vista y vio que muchos otros llegaban hasta el cañón y empezaban a orientarlo hacia el grueso del combate.

—¡Detenedlos! —gritó.

La cosa pintaba realmente mal. Pero justo en aquel momento, Humphrey apareció por la puerta del desván cargado con un extraño aparato que parecía un tubo. Matilda estaba justo detrás con una antorcha encendida.

—Echaos atrás —gritó Humphrey, que plantó una rodilla en el suelo, colocándose el tubo sobre el hombro—. ¡Carga!

Matilda metió un reluciente proyectil en el interior del tubo.

—¡Fuego!

Matilda encendió la mecha y se tapó los oídos. Un terrible ruido —¡fuuum!— surcó el aire.

De la boca del mortero salió disparado un frasco brillante que